慢得刚刚好的生活与阅读

目 录
CONTENTS

1

第一章
图你喜欢

17

第二章
再次出发

37

第三章
遗失的婚服

49

第四章
五五二十五难

69

第五章
最有味的婚服

85

第六章
搭车奇遇

爱在颠沛流离，不忘最初心意

小姬 三兽 著

也许，这是"史上最漫长的婚礼"。小姬和三兽，用一年半的时间，走遍中国五十六个民族世居地，历尽千辛万苦，寻找当地的传统民族服装。他们的执着与坚持，一路上感动了无数人，也得到了无数人的帮助。每到一处，他们穿上当地的民族服装，认真地拍一张照。本书记录了这场持续了一年半、跨越整个中国的特别的婚礼，这是两个人的追梦，也是五十六个民族的传统之美与温情善意。

图书在版编目（CIP）数据

爱在颠沛流离，不忘最初心意 / 小姬，三兽著. --北京：化学工业出版社，2019.10
ISBN 978-7-122-34941-5

Ⅰ.①爱… Ⅱ.①小…②三… Ⅲ.①散文集－中国－当代 Ⅳ.① I267

中国版本图书馆CIP数据核字（2019）第153185号

责任编辑：张 曼 龚风光　　装帧设计：颜 禾
责任校对：边 涛

出版发行：化学工业出版社（北京市东城区青年湖南街13号 邮政编码100011）
印　　装：北京新华印刷有限公司
880mm×1230mm 1/32 印张7 字数160千字 2020年5月北京第1版第1次印刷

购书咨询：010-64518888　　售后服务：010-64518899
网　　址：http://www.cip.com.cn
凡购买本书，如有缺损质量问题，本社销售中心负责调换。

定　价：49.80元　　　　　　　　　　　　　　　版权所有 违者必究

56场婚旅

也许，这是"史上最漫长的婚礼"，一年半，走遍56个民族世居地。

2015年9月25日，我们揣上热乎乎的结婚证，没有仪式，没有闪闪发光的钻戒，辞去工作，从定居多年的重庆出发，分别背负20多公斤的背包，带上两人工作攒下的积蓄。我们的婚礼，在路上。

曾是大学校友的两个人，在旅行途中收获了爱情。多次出入西藏地区，让我们看到了日常生活之外的另一个世界，更被藏族朋友们质朴的生活、虔诚的信仰所触动。我们梦想着有一天，能有一场长长的旅行，体验更多民族的风土人情。

经历将近一年的学习了解，查阅少数民族的习俗文化、传统服饰与世居地，光攻略就整理了20余万字，线路更是四次推翻重来，这场原本遥遥无期的梦想之旅因为忽然决定结婚，便顺其自然地成了我俩的婚礼。

"我们要全职结婚,去了解不同民族的文化,穿上他们的民族服装,拍 56 套意义非凡的结婚照!"

从南到北,走过山川湖泊,穿过草场森林,涉足祖国大半个边境线,拜访了 56 个民族,每到一个民族世居地,我们便会寻找当地百姓世代传承的、有温度、有历史的传统服装,恭恭敬敬地穿上它,拍一套民族结婚照。

原本只是按一下快门的事儿,却因为寻找民族服装中所经历的艰辛与感动让我俩有了"记录民族文化的责任感"。为了感谢那些帮助我们的人,也为了让更多人了解到丰盈而有趣的民族文化,我们将这些故事整理出来,为大家讲述寻访不同民族背后的温暖。

我们也爱潮牌、追街拍,走了这么一路,越发懂得传统文化的美。看到一些民族的文化消失殆尽会伤心,遇上珍藏在博物馆里的宝贝会庆幸,但最开心的是,在山林与村落中摸到、看见这些有温度也有心跳的民族文化。

在完成这场婚礼梦想的同时,我们也组织了十余场网络分享,邀请遇见的各民族的朋友们,为世界各地的网友讲述自己民族的独特魅力。我们期望自己能成为一扇小小的窗,分享民族文化背后有温度的故事。

当人们向我们投来羡慕的眼光时,我俩都会下意识地拦住他们。这一路的意外与辛苦,更让我们懂得:不是每一对情侣都适合长途旅行;不是每一个梦想都该归于周游世界;不是每一段人生都要拿别人做范本。选择适合自己的生活方式，才是幸福最该有的样子。

比如，"不去承诺天长地久，只想珍惜相爱的每时每刻"。

我们从未奢求爱情的长久，只是努力把在一起的每一天，过得"刻骨铭心"。这是我们对爱情从始至终的信念。

随着这段旅行的结束，我们将踏上新的征途，无论接下来要面临怎样的生活，我俩唯一想做的就是：认真对待眼前的每时每刻。明天，我们会手牵手，带上生活的诗意去奔赴远方的梦想。我们坚信，怀抱不断学习的心和满满当当的热情，那些向往的目的地，终将遥而可及。

97

第七章
泪眼新娘

113

第八章
沙漠穿越

127

第九章
穷途盛宴

143

第十章
囧途

157

第十一章
假面新娘

171

第十二章
被迫分居

185

番外篇
美姬与野兽

204 后记
你好，白日梦

208 致谢

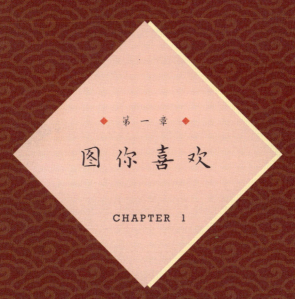

第一章
图你喜欢

CHAPTER 1

从前，我以为自己会是个孤独终老的工作狂。

遇到三兽后，新世界的大门被他一脚踹开，才猛然意识到，"为爱而活"真是件温暖、浪漫的事儿。

我和三兽是大学校友，同系同专业，却好似八辈子都不会互生瓜葛的两类人。

"小姬？嘿，她大学就是个纯爷们儿！"

"这家伙太特立独行，我喜欢温柔可爱的软妹子，不爱走路带风的女汉子！"

聊起大学的旧时光，三兽对我是一万个白眼。比起他对我的满满槽点，那会儿的三兽在我眼里，只是个存在于点名册上的名字罢了。

念艺术系的同学，总是热衷于四处游荡，给贪玩冠上寻找创作灵感的美誉。自然，我也不例外。

临近十一，周遭的朋友们早已按捺不住。西藏、川西、云贵已是熟门熟路的目的地。室友梅子集结了三五位好友，以"为期末大作业寻找灵感"为由，准备来一场西藏自由之行。

瘫在床上养病的我，可怜巴巴地望着梅子上蹿下跳地收拾行李，心早就跟着她的计划，飞到了西藏。

"梅子，去西藏，算我一个！"终于，我还是没忍住贪玩的心。

"你状态这么不好，确定要一起去？"梅子迟疑地看着我，口气中透着担心。

"没事，一出门，病就会自动痊愈！"我腾地从床上跳下来，抖着拱成鸡窝的乱发，期盼梅子肯定的答复。

"去吧去吧！你陪梅子一起去，我们还放心些。"最是了解我贪玩秉性的室友们，也煽动起梅子来。

"走啦走啦！早看出你想去了，一起！"梅子盘腿坐在背包上，乐呵呵地看我笑。好家伙，原来她们早就看出我想要一起走，这半天都是在引诱我上钩呢！

倒霉的三兽因为被朋友爽约，在临近出发前一天，也加入了这支奔赴拉萨的队伍。

坐在成都文艺气息满分的青年旅社里，我们摊开那张无比详细的线路图，满眼望去，都是西藏地区新奇又独特的风景。

"过了成都就要进藏了，安全起见，我们要保证最少两人一起，不能留一人独行！大家要相互照顾。"身为队长的梅子发话，我们想都不想，就一个劲儿点头答应。

去往拉萨的路上，谁都没矫情。背包各个填得实实在在，姑娘汉子比着徒步抢着吃饭，男左女右地去大自然中大小便也是洒脱自然。

临近工布江达，三兽和我掉队了。因为修路限行，我们已连续两天负重徒步。我原本还未痊愈的身体，终于在这一刻发出抗议。

早晨起床时，自觉全身无力，平时单手就能提起的登山包忽然像大山一样压在身上。三兽看我状态不佳，礼貌地问："生病了吗？要不要休息一天？"

"我没事，走！"抱着自己糙汉子般的野心，不想拖累队友，硬着头皮往前走。三兽皱皱眉头,默认了。

平日里饭量赛过三兽的我,中午只吃了两个饺子,便难以下咽。

"你吃吧!我饱了。"我毫不见外地将面前的饺子推给他,顶着天旋地转的头,闭目养神,祈求下肚的两个饺子赐予神力,让身体快快好起来。

我能感觉到,蓬头垢面的自己被三兽不安的眼神上下打量着。心里默默叹了句:"跟你很熟吗?看个屁呀!"却被胃里翻上来的酸气狠狠地顶了一口,瞬间冷汗覆满全身。

"不走了!生病就养病,逞什么强!"抬头睁眼,看到三兽背起自己的背包,抱起我的背包,一脸厌烦地催我走。

我那男孩子一样的倔脾气噢的一下涌上心头,全身都在抗拒来自这位并不太熟悉的旅伴的关心。一把抢过我的背包:"谢谢,不需要!"倔强地要往身上扛。谁知一个趔趄,还没把背包抢过来,就没出息地瘫在地上。

"不逞强会死吗?!"三兽不知哪来的火气,原本就被晒得黝黑的脸,这一刻爆了干皮,瞪大眼珠子,越发难看。

前后挂起两个背包的三兽自顾自地将我往不远处的客栈拖。我被丢在客栈吧台前的椅子上闭目养神,三兽默默跑去办理入住,还不忘顺口跟客栈老板打听附近医院的位置。

"这症状有点儿像高原反应……"隐约听到客栈老板与三兽的交谈。

"老板,行李先存你这儿,我带她去医院。"三兽顾不得将行李搬到房间,我便被他瘦到只剩骨头的肩膀架起来,一路硌得生疼,恍恍惚惚地被拖去医院。

高原的风冷极了,吹得人瑟瑟发抖,跟着三兽踉跄的步伐,我觉得天与地开始疯狂地错位旋转,眼前闪烁的星星点点也不知是原本的星空还是眩晕的幻觉。说实话,我到现在都没想明白,在海拔3000多米的地方,走起路来都觉得吃力,干瘦的三兽到底从哪里借来的神力,拖着我这个比他重二十几斤的家伙走了将近一公里。

醒来已是第二天清晨,准确说,我是被包子热腾腾的香气引诱醒的。空了一天一夜的胃,让我的嘴巴早就抗议式地涌出口水。

"吃吧!"三兽顶着满眼血丝,将包子推到我的面前,冰冷严肃地说。

趁我吃包子的空档,三兽一脸不爽地跟我吐槽这一夜,他无比糟糕的奇特经历。

"十一放假,县医院就那么一位藏族医生。你吸着氧挂着水,躺在床上睡得像头猪。我却只能眼睁睁地看着医生大人在我面前,给一位来自牧区血肉模糊的藏族大哥缝合伤口;为一位顶着大肚子的孕妇听诊;给五六个病人打针、开药;又给一位患者换药。这是我目前见过最血淋淋的、又动刀动针的一夜了!都是拜你所赐!"说完三兽没好气地瞪了我一眼。

我嘴里塞着包子,哈哈哈地笑起来:"嗨,小子,要不是我,你哪儿有这么特别的经历?你得谢我!"

三兽不客气地抢过我手里的包子,送来一个翻上天的白眼。

也许是因为被三兽救了半条命,也许是因为彼此之间多了同患难的经历，急诊室之后的旅程，我俩一下子成了朋友。

回到重庆后，因为一起走了一趟西藏，便觉是臭味相投的朋友，更是无比自然地走进了彼此的朋友圈。空闲时，大家会一起露营、烧烤、聚餐、玩桌游……两个不相干的人就莫名其妙地混成了足以勾肩搭背、同住一顶帐篷也不会自觉害羞的"哥们儿"。

转眼，就要毕业了。早早拿到心仪公司的录用通知书，我的心思全扑在了期盼已久的毕业旅行上。计划着拿最后一笔奖学金，奖赏自己一次为期20多天的旅行，途经滇藏线，直抵尼泊尔。

在无数次越来越伤感、混乱的毕业季聚餐中，我有意无意地问三兽："我毕业旅行去尼泊尔，要不要一起？"用全然不在意的口吻，满心期待着他肯定的答复。

"那个……我想尽快工作……哎……我考虑考虑……"三兽每次都以各种纠结的理由回答我。

多年之后，据他的朋友讲，身为班长的三兽，在临近毕业时将班长的事务全权委托给了同班好友，专注地接起车展兼职工作，专心赚钱。大家好奇一向对班里的事特别上心的班长大人，怎么会在最后时刻掉链子。问他原因，他也总是笑而不语。

举行毕业典礼的那个下午，大伙约着一起玩了最后一局狼人杀。第二天，我们将各奔东西，也许很多人，此生都不会再见了。

理牌、分牌，所有人都佯装轻松地嬉笑打闹着，仿佛，这不过是所有大学时光中最寻常不过的一个午后。

"我明天出发，一起吗？"抱着仅存的一丝期望，我假装无意地问了句。

三兽摸起纸牌，掀起一角，低头看着纸牌，说："去呀，钱都备好了。"

"哦。"我低头拨弄着手里的纸牌，企图让长长的刘海，遮挡住自己贼溜溜的窃窃傻笑。

从重庆出发，计划先到达丽江，经滇藏线进藏，后走樟木口岸进尼泊尔。

到达丽江的当晚，我俩各自抱着巨型杧果若无其事地吃着，空气中却凝结着奇怪的氛围。

"要不，咱们今天就说开吧。小姬，我觉得我们是没可能的。"三兽吞下口中的杧果，略显尴尬地望着我说。

"为什么？！"我一脸的不服气。为什么别人开口都是表白，我们一开口却是不留余地的拒绝，我心里愤愤不平。

"那个……"三兽一脸不好意思，"我觉得咱俩不合适……"

"不试试怎么知道不合适！"我这汉子般的隐藏性别一上来，说话也变得粗声粗气、冲劲十足。

"这……"

此时我脑瓜里灵光一闪："这样吧！咱们就以这20多天的旅行为期，做'试用情侣'。旅行结束回到重庆，要是觉得彼此合适，咱们就转正，做正式情侣，不行的话就继续做朋友呗！"说完还不忘给自己留条后路，一脸乖巧地望着三兽，厚脸皮地等他做选择。

"那……好吧！"三兽一脸"你真会玩"的表情，应声答应了。

从此,三兽就掉进了我的恋爱套路里,再也没爬上来。而身边的朋友却说,真正掉坑里的是我,三兽才是真智慧,不动声色以退为进,等我入坑。对于此时此刻的我们而言,究竟是谁掉进了谁的套路里,都已经不重要了。

毕业旅行后,我们分别进了位于重庆城市两端的两家广告公司。虽然平时加班到凌晨是常态,好在周末我可以在家休息或工作。三兽最可怜,公司在荒凉的汽车工业园,单休一天,这个分外珍贵的休息日,睡个懒觉、吃顿路边摊、冲个澡就没了,更别提什么逛街、看电影、烛光晚餐这样不切实际的幻想了。于是,不加班的周末,我就带上吃的用的,辗转三班公交,去赴约。而这所谓的约会也不过是跑去为他打扫房间、洗洗衣服,独自看两部电影,等他下班一起在荒凉的工业园区吃顿塞满汽车尾气的路边摊。用三兽的话说,"这儿荒凉得连个花钱的地儿都没有"。

后来三兽换了份珠宝定制销售的工作,离家近,周末全天上班,节假日禁止请假,轮休只能排在工作日。抛开下班后在家整理客人资料、设计初稿的时间,我们俩连吵架的机会都没有,更别提一起旅行了。

一个阴雨蒙蒙的午后,我收拾着发霉的旅行背包,抱怨道:"三兽,咱们可好久没出去玩了!"

"何止好久!明明是从工作以后就没旅行过!"三兽有点儿激动地说。是啊,两只加班狗哪儿有时间和精力去旅行?我从发霉的旅行背包中抽出两块在尼泊尔买的石头吊坠,伸到三兽面前,晃了晃,一脸坏笑地说:"还记得咱们读书时候一起去过的地方吗?"

"当然了!那会儿多好玩啊,我第一次去西藏感觉特别震撼!没想到房子还能那么盖,衣服还能这么穿,你看寺庙里的装饰、壁画,太美了!"三兽手舞足蹈地开始比画,兴奋劲儿一下子全上来了!

"哎,你说,以后要是有时间,一起走遍56个民族世居地,看看他们是怎么生活的,穿什么样的衣服,住什么样的房子,吃什么样的饭,会不会很有趣?"我一脸向往地望向三兽。"这个……能行吗?去56个民族世居地,怎么说都要一年吧!那怕是要走遍整个中国了!"三兽一脸难以置信地看着我。

"你对他们不好奇吗?"

"好奇。"

"你不觉得要真这么走一圈,会很有趣吗?"

"会!"

三兽被我三忽悠两说服的,开始不住地点头。"咱也甭管什么时候能去了,计划先做起,说不定老了有钱了咱们就去了呢!"三兽乐呵呵地看着我,眉眼上下跳跃着,脸上是久违的旅途中才能看到的灿烂笑容。

就这样,这白日梦一样的旅行计划成了两个加班狗深夜畅谈、相互打气的动力。查资料、做线路,成了闲暇时的另类爱好,这一做,就是大半年。虽然有点儿疯狂,想想却非常带劲。

夏天来了,凌晨两点的深夜也赶不走重庆的燥热。光着膀子,

旅途婚纱照

⊙ 拍摄地：四川省甘孜州色达喇荣五明佛学院

在群山环绕之中，
为数众多的绛红色小木屋，
延绵起伏，蔚为壮观。
这里是无数人的梦想地，更是修行地。

藏族

⊙ 拍摄地：西藏自治区拉萨市布达拉宫

藏族特色鲜明支系众多，
服装自然多到眼花缭乱。
从嘉绒藏族、安多藏族一路拍到拉萨，
在布达拉宫下，虔诚一拜。

景颇族

⊙ 拍摄地：云南省德宏州陇川县章凤镇

景颇族老屋楼梯的两侧，装饰着"仿乳雕饰"。进出家门的轻抚，是对母亲的崇拜与缅怀。

屁股撅得老高的三兽，一手抱着地图册一手拿着马克笔，整个身子扎进地图里，擦擦画画。

"三兽，你说这线路是不是应该跟着季节走？"我半躺在地板上，跷着二郎腿，翻看着电脑里整理出来的二十几万字的资料和上千张图片，有一搭没一搭地和三兽聊着天。

"咱们就是跟着季节走的！夏天去东北，冬天去海南，大伙儿不都是这么建议的吗？"三兽

扭过头,咬着马克笔,一脸疑惑地看着我。

"不,我的意思是咱们是不是该冬天去东北,夏天去南方?"

"啊!"三兽一脸兴奋,打断我,"这就对了!冬天去东北穿袍子拍雪景,夏天去南方打赤脚在原始森林裸奔,好主意!"

三下五除二擦掉黑板上的线路,三兽唰唰两笔,画上新路线。这次应该是他重新画的第四次路线了。因为我俩从未有过如此长时间、大跨度的旅行经验,这段预期一年至一年半,走遍56个民族世居地、踏足中国四分之三有余的边境线,仅仅停留在纸上的旅行计划，"线路图"成了最耗费心力的事情。

三兽站起身来，嘚瑟地扭扭屁股，一副大功告成的骄傲模样。"你兴奋个屁呀！这计划我们就做着玩的，咱们哪儿有时间玩这么一大圈？"我一脚踹向三兽媚动的屁股，翻着眯成一条缝的白眼，生生泼了他一盆冷水。"哎……也是。"三兽嘚瑟的屁股终于安静下来，转身把六块精壮的腹肌秀给我看。

"又三点了！赶快睡了！加班狗，明天一早还要去公司开会呢！"三兽捏着我哈喇子快流下来的花痴脸，连拖带拽地催我睡觉。我们躺在床上，望着倚在墙根的小黑板。

"要不，咱们结婚吧！"

"就把这段旅行作为咱们的婚礼！"

"好！"

也许是困意太重，也许是太兴奋。我俩都记不得"结婚"这话是谁先说出口的了，也想不起来是谁提出要以这段旅行作为我俩的婚礼的。但，这还重要吗？

后来，我也曾问过三兽，这个一向以事业为重、骨子里渗透着传统观念的北方男孩，为何愿意放弃升职加薪的工作和买房买车的人生计划，放下所有，陪我去办一场如此漫长而不知前路的婚礼，究竟图什么？三兽忙着手里的事情，头也不抬地脱口而出："图你喜欢呗。"进而转头望向我，一脸坏笑地说，"想想看，哪儿有这么傻的老婆，不图房不要车，连结婚的礼金都不提，陪着玩一圈就能娶到手，多划算的买卖呀！"

看着三兽贼溜溜的坏笑，我顺手推了他一把，我俩四仰八叉一起倒在地板上,哈哈大笑起来。那一刻,我觉得自己无比幸运。谢谢三兽给了我这份可以嫁给爱情的好运。而他那句"图你喜欢",该是我听到过最美的情话了!

◆ 第二章 ◆
再次出发
CHAPTER 2

"妈，我要结婚了。"决定结婚的第二天，在一个又一个的工作会议间隙，我给母亲打了一通电话。

"结婚？和谁啊？"电话那头的母亲，不知是兴奋到失忆还是本就健忘，一时竟忘了三兽的存在。想来，这也不怪她，毕竟我们独自在重庆，很久之前和三兽一起回家匆匆见了父母一面后，便很少在他们面前提起我这位神秘男友了。我的父母怕是连他是哪里人、薪水几何、是否有兄弟姐妹都没来得及细细了解，只知道我这位一米八三的男朋友很瘦，和我是校友，都是独自留在重庆工作。

"当然是三兽了！"我被母亲这么一问，哈哈大笑起来，"妈，你家女儿长这么大，唯一一位男朋友，你竟然忘记了！"

"啊！三兽啊——"母亲把尾音拖得老长，我都能想象出她抱着电话努力回忆三兽模样的神情，这样的母亲大人，真是可爱极了。

"老公，你家丫头要结婚了！"母亲一下子反应过来，转头冲着书房叫父亲。

"丫头，你妈说的是真的？"父亲压着气喘吁吁的沉重呼吸小跑过来，故作淡定。

"真的。"

"你们都考虑清楚了？"

"想好了！"

"嗯，我跟你妈相信你的眼光。"

"爸，我们想8月初领证。只是还没想好去哪里领。"

"确定了告诉我们。"

"爸，那我去开会了。"

"好。"

想来我的父母也是心大,对三兽的情况也不多问,一句"相信你的眼光"便将辛苦抚养大的独生女嫁给陌生的小伙子,不带一丝一毫的质疑。

后来我问起老两口,当时为何如此放心。

"见过一次,除了稚嫩一些,没别的缺点。三兽是个好孩子。"母亲谈起三兽,满口骄傲,仿佛这是他的亲儿子。

"你们这个年纪,太圆滑了不好。"父亲应和母亲,唱着一出妇唱夫随的好戏。

"重要的是,你喜欢和他一起过日子。"父亲补充一句,道出了他们的真心话。

原来,他们对我从小到大的期望未曾改变过,只是希望我遇见一个真心喜欢的人,开开心心地生活,成为平凡或成就伟大对他们来说都不重要,重要的是每一天都能发自肺腑地开怀大笑。

"小姬,我爸妈想去看望你的父母,顺路会把户口本带过来,咱们就回你家领结婚证吧!"一开家门,就看到眉开眼笑的三兽。

"好奇怪,结婚这事咱们父母竟然都没有反对?"我看三兽专心翻着日历,认真挑选回去领结婚证的日子,便故意挑事。

"怎样,你还想上演一出私奔大戏吗?"三兽一眼看穿我,挑起眉,一脸坏笑。

"私奔这事吧,体验一下也挺好的。"

"你这家伙,私奔就甭想了,真是得了便宜还卖乖,回去要好好谢谢咱们开明的爸妈！"三兽一把将我揽进怀里，这力道颇有几分宣示主权的味道，不过，我喜欢。

"这几天我没什么事，你呢？"我指着日历上的日期，问三兽。

"我没问题。"

"那咱们就 8 月 9 号回家，10 号领证，11 号回来。"看 10 号写着"宜嫁娶"，我俩就把领证的日子定了下来，顺便买了机票。

确定好回家领结婚证的日子，我俩就更忙了。加班回来大半夜也顾不得睡觉，撅起屁股将各自手头的工作一一罗列出来：为公司和工作项目预留出足够的交接时间，整理项目交接文件、工作进度清单。理顺工作的事情，再仔仔细细地翻看密密麻麻的旅行攻略，希望在出发之前做好足够的准备，以便减少旅途中的风险与意外，留出更多的时间及好心情，和三兽手拉手，走走停停，看风景、拍结婚照、在某个叫不出名的山头看日出日落……重要的是，两个人，在一起。

"婚戒，你想要什么样的？"身为珠宝定制顾问的三兽，将这个问了无数对情侣的问题，再次问了我一遍。

"不要钻石，那就是块石头啦，我还小，不懂它的价值。"我不屑地摆摆手，有点儿生气三兽竟然不懂我。

"黄金呢？"

"如果是金砖，可以有！如果是戒指，我不要，一个金属环环，没多少克的，都是骗小朋友的玩意儿。"我装模作样地计较起来。

"你这鬼家伙，到底想要什么，别卖关子，快说。"

"我要和你一起文一对婚戒！"

"文一对婚戒？"

"嗯，把我刻进你的身体，一辈子都忘不了，抹不掉。若敢分手，先要剁手！"我将两只小眼睛瞪得鼓鼓的，故作凶狠地吓唬三兽。

"好。若敢分手，先要剁手。"三兽也将眼睛瞪得滚圆，仿佛要将我吞进眼中。

"嘿，眼屎掉出来了！"我指着三兽贼溜溜地坏笑，强装坏人的三兽一秒破功，俩人哈哈大笑地倒在床上，半天起不来。

领完结婚证回到重庆的第二天，我们就跑去文了对婚戒。

朋友见了更是一脸鄙视："你俩的审美，什么时候这么奇特！"

"哏，管得着吗？我喜欢！"说着我挽上三兽的手臂，还不忘还一句嘴，"你们这是羡慕、忌妒！"自然，迎来周遭朋友们不客气的鄙视。

"嘿，我们从前的女汉子啊！走失喽，走失喽！"面对他们起哄式的群嘲，我不再遮掩，这份幸福与美好，就该光芒万丈、耀眼温暖！

回家躺在床上，三兽高高地举起我的手问："喜欢吗？"

"喜欢。"我将脸埋进三兽臂弯，这没来由的幸福滋味，是因为爱情吧！

"可，我怎么觉得有点儿丑啊……"三兽认真审视着，不自觉地说了句。

"丑吗？明明是丑萌！"我不客气地回了一句。

"对对对，我们小姬的语文最好，用词最精准！丑萌，是丑萌！"

看这对丑萌的婚戒，还真是可爱。三兽无名指上文着一枚像雨伞的"T"，他说："以后的路，我来为你遮风挡雨。"我文着一枚笑脸"T"。三兽说："你今后的任务就是——卖萌逗趣、傻笑到老。"想来，这两位天蝎座的爱情，还真是血淋淋的凶狠。

我们的生活，全因旅行而走到一起，结伴走过川藏线、滇藏线，同行二十余天探访尼泊尔，在传说中的"世界末日"去鼓浪屿"等死"，与朋友徒步露营更是常事。但长达一年半的旅行，对我们而言却是从未有过的挑战。单单是"背包里装什么"这件打头阵的小事，就将我俩折腾得够呛。

"裸睡的习惯改不掉，我要买两个可拼接的抓绒睡袋。"捧起购物清单，不等三兽答应，我就自顾自地添上了。

"喝粥的习惯不能丢，得带上一口户外高压锅和炉头。"三兽默许我带睡袋，自己也添了一口锅和一个炉头。

照这么算下来，我们怕是要将整个家打包，才能安心出发。

"不行！这样装下去，就没完了，得定个底线！其他的将就一下。"三兽比我更早意识到"节制"对我们来说有多重要。

于是，第一个蹦进彼此脑袋中的睡袋和锅成了彼此最低的生活要求，其他的都成了可以将就的需求，背包物品"一切从简"成了我俩达成的共识。

"冬天去东北，有暖气，每人三双棉袜、三套内衣裤足够。外套只要一件，保暖打底的各带一身换洗。"

"夏天去南方，天热东西干得也快，一人三双薄袜……"

"穿徒步鞋出发,每人只准带一双洞洞鞋,夏天散步、游泳、涉水,冬天套两双棉袜就能上街闲逛(事实证明,在零下20多度的东北,我们穿着洞洞鞋套了三双棉袜在街上闲逛,竟然觉得挺暖和)……"

"一人一顶鸭舌帽,没洗头就靠它遮丑了。"

"买最轻的三脚架,好背。别太贵,路上手忙脚乱过得糙,坏了也不心疼。"

"一人一台电脑,这个必须带!虽说这一年多咱们全职旅行结婚,但现在的工作可以转副业!一来收入不会断,二来回来不用担心和工作脱轨无法养活自己……"

"那我得带四个硬盘,路上的照片、视频我想全都存下来,以后我要用这些和孙子吹牛呢!"

我俩就这么你一言我一语地开始整理起行李来。从前短途旅行的经验加上各自都熟悉对方的生活习惯,什么东西该带什么东西不该带,在艰难的取舍中终于定了下来。

三兽的背包65升,我的背包55升,各自胸前再挂上一个小双肩包,四个包要想装下一年半的所有用品可不是一件容易事。

"冬季衣物打一个包,夏季衣物打一个包,咱们就背上春秋的!换季的时候拜托朋友们帮忙邮寄过来。洗漱用品不够了就网购,路上边走边买。只要提前一周预订好酒店,让前台帮忙签收包裹,就不会影响行程。"身为一位靠网络过生活的姑娘,我这鬼主意直接帮我们解决掉了负重超载的大问题。

三兽65升的背包以换洗衣物打底,塞上礼服、高压锅、炉头、

急救包、电子设备备用器材、备用硬盘等，底部挂上三脚架，近 20 公斤的重量转眼就塞得满满当当。

我 55 升的背包塞满每日要用的基本物品，从下到上依次是抓绒睡袋、内衣裤袜、洗漱包、急救包、防风防雨冲锋衣等，两人的独立碗筷分装在背包最上方，并将所有证件复印件装进背包暗兜，顺便也复印了一整套，让朋友帮我们保存，以防万一。

各自胸前的小包也分门别类地塞满。三兽胸前的背包塞上一台电脑、所有摄影器材，一只 500 毫升的水杯、一盒感谢卡。我怀里揣着一台电脑、一本地图书、一个笔记本、一卷手纸、若干食物及一只 500 毫升的水杯。

⊙ 侗族
拍摄地：贵州省黔东南州黎平县肇兴镇

　　若论细心程度，三兽可比我用心多了！出门前将银行卡、身份证、2000元应急现金以及家人朋友们的联系方式写在小卡片上，做好防水，塞进贴身腰包里，昼夜不离身地带着。

　　"如果不得已要丢包，这五个包中可以先丢登山包，然后是你的小背包、我的小背包，随身包咱们得24小时带在身上，这是救命的东西。"三兽一再和我强调背包的主次顺序，唯恐遇上万分之一的危险，我在关键时刻犯傻。

　　三兽是个危机意识极重的人，后来旅行的每天夜晚，他都会在睡觉前将装着所有视频、图片的硬盘打包好，放在枕边。

"如果出现意外，我只要你和这些硬盘，衣服啊装备啊这些咱们都可以不要！记住没？"听三兽这么一本正经地给我上危机课，我竟被感动得一塌糊涂，带着满眼爱意一脸崇拜地只知道点头。

临近出发的前一周，我俩每天都会各自背上背包，换上徒步鞋在家里走走跳跳蹦蹦半个小时，调一下装包位置，想想哪些东西可以舍去、哪些必备用品没有买，让自己慢慢适应每天打包行李的生活，和徒步鞋好好磨合。

2015年9月25日，我们带着大家的祝福和沉甸甸的背包，从重庆出发了。踏出家门的那一刻才猛然意识到，这场遥遥不知归期的旅行婚礼，真的要开始了。

接下来的日子，我们将经四川、青海、甘肃、内蒙古、黑龙江、吉林、辽宁、山东、浙江、海南、广西、新疆、西藏、云南、贵州、湖南，最后奔赴台湾，走过四季，穿行在56个民族世代居住的村落中，穿上他们的民族服装，拍摄56套民族结婚照，完成这趟专属于我俩的旅行婚礼。

似乎，我们怕这一路还不够辛苦，特意给自己定了困难重重的限定：结婚合照要三兽借助三脚架和遥控器自拍。民族服装要找当地百姓穿在身上的，有温度、有历史的传统服装！

一路上，三兽不停地按下快门，我坚持写着日记，两个人就靠着一个镜头和一支笔，记录下在一起的片段，无论是开心、幸福，还是斗嘴、闹情绪、发脾气，我俩都毫不吝啬将这些点点滴滴记录下来。

无论争吵还是甜蜜相拥,在我们眼中都是属于彼此的幸福,我们想将这份幸福存下来,存得比生命还长;想久久地活,想慢慢地爱,想一起去完成好多好多的梦想;想攒下更多生活的点滴;想老到走不动的那一刻,还能一起回忆年轻时看过的风景;想满口假牙的那一天,还能互黑斗嘴;想让父母看到我们的幸福,也能放心骄傲;想让这份简简单单的爱,足以刻骨铭心。

幸福之所以为幸福,可能正是背后的辛酸,衬得这百分之二十的甜蜜异常芬芳动人。这场漫漫婚礼,从迈出家门的那一刻起,便成了阴晴不定、艰辛异常的不归路。远方是我们向往的星辰大海,脚下是峭壁荒野。那阵子,对我们而言,比迷路更可怕的是心盲。

从小到大,总有人为我们承担着指路明灯的角色,从前是爸妈、老师,长大后是公司的老板、总监。而此刻,在路上的,只有我们俩,并肩而行的两个人,彼此抵挡一路艰辛,"明天"对我们来说,太遥远,也太茫然。

我们不知道,下一套民族结婚照什么时候能拍出来;不知道,下一张可以睡觉的床在何方;不知道,天亮后的再次出发,还有多少公里的路要独自徒步。这一切的一切,都是未知的。

我们不敢想得太远,只能捧着眼前的此时此刻,珍惜着、热爱着、幸福着。

"我最怕拍民族结婚照的那一刻!"我俩坐在马路牙子上聊天时,路边突突突的拖拉机卷走三兽略带哽咽的声音。

旅行婚纱照

⊙ 拍摄地：云南省大理州大理市洱海

苍山下，洱海畔，
求婚了 56 次的三兽，再一次问我：
"你愿意，和我一起慢慢变老吗？"

怒族

⊙ 拍摄地:云南省怒江州福贡县匹河怒族乡老姆登村

坐落于碧罗雪山半山腰的老姆登村,
怒江,从它脚下流过。居住于此的郁伍林大哥,
因为经营民族客栈,成为村子的致富带头人。

"好容易找到这些衣服,我想尽情地拍,放肆地拍!"三兽眼睛里闪着孩子般的光芒,写满爱与执着。

"我也最怕这一刻。拍完了,就要再次出发,可是我们的下一套衣服究竟在哪里?我不知道,你也不知道……"三兽撑着额头,抓着头发,声音越来越小。

"没事,咱们一起找,只要能找到一套,就

一定能找到第二套、第三套……第五十六套!"我一把揽过三兽,如同好哥们儿一样大力拍着他的肩膀。

三兽才不是丧气的人,嘴上是这样讲,可是真的做起来,却比谁都较真。在他心里,有一把高高的标尺,什么样的衣服够传统,什么样的构图算漂亮,很多时候,我想将就,可是却被他硬生生地拖着往前够一够:"我们做不到100分,但要努力靠近100分。"

在不知不觉间,我们这段结婚旅行,成了另一种生活的开始。

基诺族　　⊙ 拍摄地：云南省西双版纳州景洪市基诺乡普希老寨

⊙ 中华民族大家庭中的第56个兄弟。基诺族从生活的方方面面,表达着对太阳赤诚的崇拜。

为了找到更传统的民族服装,我俩开始学习起民族文化来。看书、看文献资料,遇上博物馆就直奔民族专区,一泡就是一整天。

大学读书时酷爱逃课的那个三兽忽然间消失了,眼前的这位爱人,纵使戴着护腰,也要仔仔细细地逛博物馆,边看边记,不放过一丝一毫的学习机会。我远远望着专注的三兽,总会生出冲上去吻他的冲动。这个酷酷的男孩,为了完成我们的梦想,以我从未见过的认真模样,一步一个脚印地带着我往前走。

"认识你真好!你好,我的三兽先生!"我蹑手蹑脚地冲过去,从背后一把揽住三兽,众目睽睽下抱紧他,不害羞,不脸红,这就是我爱的人啊!真棒!

"你这鬼家伙,快去看资料,也不知害羞,这么多人都看着呢!"三兽将声音压到最低,半推半就地赶我走。

"那我走啦!"刚准备转身走开,却被三兽反手拉住。一脸宠爱,软软地说:"你要是累了,就去旁边坐会儿,我这边马上就好。"

那一刻,一种从未有过的感动涌上心头。谢谢老天,赐我这份好运,让我能够遇见三兽遇见爱,也带着我们,在追逐梦想的路上,遇见更好的"彼此"。

"我可是女汉子!哪里会累!我要比你更爱学习!"说罢我捧起手中的小本本,回到博物馆展台前,认真地做起笔记。

看三兽如此努力,我怎么好意思偷懒拖后腿呢?当我从形单影只的一个人,变成了并肩而行的两个人,笑也好,哭也罢,只要有三兽在,我便不再惧怕未来。

"亲爱的三兽先生,此后的人生,我想和你一起走!"我心里默念着。

"走!"三兽从后面一把抱住我,仿佛听到我心里的窃窃私语般,坚定地说。

我一愣,笑意蔓延开来。"嗯!"我重重地点了点头。

"又犯花痴了!快走了,今天赏你吃顿好的。"三兽牵起我的手就往前走。

穿过千百年的历史与文物,我在三兽的指尖,触摸到了幸福的光。

第三章

遗失的婚服

CHAPTER 3

羌族

⊙ 拍摄地：四川省阿坝州理县桃坪乡桃坪羌寨

找到被称为「云朵上的民族」的羌族，站在高高的羌寨中，假装也穿上了「云云鞋」，在慌乱中完成第一套民族结婚照的拍摄。

出发前，我们设想过无数种寻找传统服装的方式。而出发之后，在四川理县寻得羌族、卓克基遇上嘉绒藏族，仿佛做梦一样，皆因为偶然相遇，便找到了心心念念的衣裳。在卓克基开客栈的猴哥与我们再次相遇在拉卜楞寺，从朋友那里找来安多藏族的民族服装和回族的现代装，就这么晕晕乎乎地又拍了两套结婚照。原本以为，这56个民族的服装寻找之路一定会延续这份好运，偶遇

美好，收获惊喜。却没想到，从拉卜楞寺出发后的第一站——积石山县，就被狠狠地泼了盆冷水。

在积石山县城小住两天，吃尽花样百出的面，寻寻觅觅，却依旧找不到一身传统的保安族民族服装。我们的攻略手册上，关于保安族的信息备注了两个地方，一个是"大河家镇"，另一个是"保安三庄"。从前"保安三庄"指的是青海省同仁县的保安城、下庄、尕撒尔这三个地方，就是现在甘肃省积石山保安族东乡族撒拉族自治县的"甘梅"（即相邻的"甘河滩"和"梅坡"两个村庄）、大墩、高李这三个地方。

听当地人讲，"保安三庄"算是保安族最聚集的地方了。

积石山偶遇的好心人都说："保安三庄，那里百分之八九十都是土生土长的保安族，估计只有那里的人还会讲保安族自己的语言。那里一定有你们要找的！"我俩怀着满心期待，决定顺着这条线索，从城镇往乡村一层一层地找下去。

山路两旁的每个村庄都有座宏大、精美的寺庙，似传统中式建筑，又有星月屋顶。

车上的司机大哥说："你们是不可能找到的！现在谁还穿那些衣服？这年头，穿民族服装上街的人，多奇怪啊！"

主干道穿高李村而过，下车就看到保安族小学。我们本能地以为，这里一定有民族服装。两个背着大包、不请自来的陌生人，就这么贸然推开了这所小学半掩着的大门。

看着满院子的男孩女孩，身上寻不到太多带有民族特色的服饰、配饰。三兽望着我，失望地摇摇头说："要不，咱们找校长聊聊，看他能不能给些建议？"

我刚想点头，却听见背后低沉的声音问道："你们是干吗的？"

想开口解释，那位先生却警惕地盯着三兽挂在手臂上的相机，问："有证明吗？"我们顿时傻了眼！只好尴尬道别。

进村子问了老乡，有的说村委会有，有的说对面小学就有，有的说村里的老人有，但更多的人告诉我们："你们想找的衣服，早就没了！"

我俩扫兴地站在村子里，从早上的满怀期待渐渐跌入失落茫然中，不知所措。

在村子里无头苍蝇般乱晃，偶遇一位保安族姑娘。十多天的寻找到此刻的心灰意冷，这位笑得很甜的保安族姑娘的出现，让我忽然意识到："衣服找不到，那就先找人吧！"我仿佛遇上了指路明灯，拖着三兽拉着姑娘，硬是要来一张合影。

村头遇到一个穿着板正的大爷，看我们是外乡人，一下子兴奋起来："我啊，就喜欢和你们这些外面来的人说话！"

"我1985年去拉萨做生意，五个月前才回来。这里啊，没意思！我老伴都觉得还是城里好。玩得多朋友也多！"这位见过世面的老人，讲起村子外面的生活，满面红光，眼睛闪闪发光。

三兽拉起大爷，眉飞色舞地说："叔，带上你老伴，跟我们一起走！"大爷先是兴奋，微微顿了一顿，眉眼堆笑地摇摇头："叶落归根啊，小伙子，你懂什么叫叶落归根吗？"

大爷热情，拉着我们直奔村委会，还一个劲儿给村支书打电话。村支书尤为肯定地告诉我们："这里没有你们要找的衣服，大河家镇的婚纱店里可能会有。"

大河家镇里偶遇十个路人，有七八个都是保安族的。三兽的兴奋劲儿一下子提了起来："我已经感受到保安族的盛装在向咱们招手了，走！"

被这么一鼓动，我原本钉在地上的双脚仿佛灌入了两大桶红牛，瞬间提速，快步跟上三兽的步伐往镇中心走。

前脚踏进高李村大爷给我们指点的那家婚纱店，后脚便是满心失落。

"我们这儿没有特别传统的保安族民族服装。"婚纱店老板娘略显无奈地说,"实在不好意思,真的没有,如果有,一定借给你们!"

在大河家镇打听了大半天,最终都以失落收尾。临近傍晚,三兽嚷着头痛,要早早睡去。看他一反常态的怕冷嗜睡,心里不免嘀咕起来:"难道是生病了?"伸手去摸他的额头,这家伙竟然反手挡住我,说:"没事,睡一觉就好。大惊小怪!"

纵使被三兽赏了 100 个白眼,也硬生生给他嘴巴塞进一把药丸,灌进两壶热水,我才安心地躺下。出门旅行,最要命的就是生病,影响玩的好心情不说,最怕进了偏远山村缺医少药,小病被拖到要命。好在三兽身体素质好,捂出一身臭汗,第二天便满血复活。

于是,我们果断启程,直奔"保安三庄"之一的甘河滩村。

进入深秋的北方,萧瑟阴冷,树上挂着一两片可怜巴巴的枯树叶子,风一吹,便不知归处了。偶尔遇到的三两位行人也穿着黑白灰的冷淡衣服,顿时感觉毫无活力,心里沮丧至极。

听街上好心人说:"那村子里不通公交,得去路上搭面包车。"

我俩丧着脸,自顾自地走着。或许是这座小镇难得遇上我们这样扛着大包、在深秋里徒步的人;或许是霉运多了,总要来点儿好运。就在徒步的路上,一辆面包车停在身边,开车的大哥说:"我就是甘河滩村的,跟我走吧!"我们见司机大哥面善又带着亲切的笑容,没多犹豫,就跟着他走了。

比起那些不靠谱的网络信息和冰冷古板的官方说辞,我们最爱的还是在与当地人闲聊中感受到的风土人情。

我俩一上车,就兴奋地跟司机大哥打听起关于保安族、关于甘河滩村的种种。司机大哥眉飞色舞地讲起自家庄台上的故事,从光着屁股跟村里小伙伴摸爬滚打到自家女儿嫁人生子、荣升外公,一个小家庭的几十年,就在他乐呵呵的言谈间浮现眼前。

"我们村儿应该没有你们要找的衣服!"终于,我们还是听到了最不想知道的答案。

司机大哥将我们送到村委会,指着院内的清真寺说:"你们去问问阿訇,这上面也有村支书的电话,他们一定会帮你们。"

从朋友那里打听到,阿訇是波斯语,是指老师或学者。在我眼里,阿訇是清真寺讲经授课、学识渊博的校长,那地位可非同一般。

"大哥,晚上请你一起吃饭!"三兽拉着司机大哥,想要请他吃顿大餐,以表谢意。

"家里有事,就不吃了!"大哥转身跳进驾驶室,头也不回地挥手告别。

从前听说女性不能随意出入清真寺,抬头看到清一色穿着黑呢大衣、戴着白色圆帽的长者,乌泱泱走出礼拜堂,不免有点儿慌张。

"你去跟老人家打听一下,我是女生,不方便。"说出自己的顾虑,我让三兽上前打听关于保安族传统服装的事。

也许是村子里难得有外人进来,老人们看到我们这俩大包小包的"游客",热情地问东问西,阿訇背着手,脸上挂着浅浅的笑,威严地站在人群中,不动声色。

一位长者说:"这是我们全村人一起筹建的清真寺!"说到刚落

成的清真寺，阿訇脸上闪过一丝笑意。

我们被眼前这个全实木结构的清真寺惊呆了！雕梁画栋，这座纯实木纯手工打造的藏在深山村落中的清真寺，宛若一件精美绝伦的艺术品！若不是眼见亲听，我们真真不敢信，深山之中竟然有如此庞大的清真寺！

在阿訇的准许下，三兽支起三脚架，为上寺的长者和新落成的清真寺拍了张大合照。

拍完合照，人群散去，三兽凭直觉，和其中的一位老人搭讪，冒昧地询问能否去他的家里坐坐。老人应声答应，邀我们一同回家。中午一点多，全家人等到做完礼拜的老人回家，才开始吃午饭。

老人的孙女说："你们真幸福！我也才结婚，去年结的！结婚时候穿的是巴服，长这么大都没见过我们民族的传统服装。"

从小姑娘口中，我们知道老人是这个村子的前村支书。三兽惊叹自己的好眼光，能从那么多老人中一眼选到前村支书。

老人带我们回到村委会，招呼来马会计帮我们出主意。

马会计说："实在抱歉，我们村儿可能没有你们要找的衣服。今天也晚了，你们就住在村委会吧，来一趟也不容易，在村里好好逛逛！"

不逛不要紧，一逛才发现，这村子里竟然没有小饭馆，别说吃饭了，连学校门口唯一的小卖店里也只有辣条、棒棒糖和一堆叫不上名字的花花绿绿的零食。小卖店老板从货架最里面翻出两袋碎了一半的方便面，冲三兽晃晃："只有这个了！"

"行的，谢老板啦！"三兽接过方便面，随手抓了一把糖果。

跟在我们屁股后面跑了老半天的小孩子也是机灵,看着三兽捧在手里的糖果,开心地往前凑着,却满脸写着羞涩,不好意思开口要。

"来,一人一个,不准抢!"三兽孩子王上身,训得身边挂满鼻涕的小孩各个乖乖地站着,乐呵呵地等这位高大的哥哥分糖吃。

回村委会的路上,肚子早已不争气地咕咕乱叫:"哎!早知道就把早上吃的面打包了!"也顾不得那么多,我扯开蒙着灰的方便面袋子,捏碎面饼,撒上调料粉,就往嘴里倒。

"还好我们有地儿住,不然露宿街头,山上的狼还不把你这小胖妹给叼走,囤着过冬吃?"三兽塞嘴里一口方便面,一把揽过我的肩膀,含含糊糊地说道。

"哎哟小妹,最近伙食不错呀!我都快揽不住你了!"三兽晃晃手里的方便面,打趣地逗我。

"那可不,天冷了,得多囤点儿肉,不能委屈了自个儿!"

走在漆黑一片的村间小路,才真实体会到什么叫"伸手不见五指"。我们两个闯入者决定暂且忘记那套越来越遥远的保安族服装,好好感受一下村庄的夜晚。

第二天天还没亮,我们便起身了。在甘河滩村寻找无果后,我俩获取的唯一线索是:"积石山县城艺术团可能会有舞台版的民族服装。"

"既然传统的民族服装找不到,能找件舞台版的也不错啊。"面对如此现状,只能这般安慰自己了。

○ 保安族

拍摄地：甘肃省临夏回族自治州积石山县

早早收拾行李，决定再次回到积石山县。刚走到村口，看到一辆掉头的120，车里的人冲我们招手。于是，平生第一次搭了辆120的顺风车，赶往积石山的一路，无比顺利，犹如天助！

中午一点多到县博物馆。一路看下来，总算对保安族的服装有了了解。

保安族起先是和蒙古族做邻居的，衣服也和蒙古族颇为相似。在遥远的元朝（保安族在青海同仁居住的后期），保安族受藏族、土族的影响，服装也发生了变化。

时间前进到清朝咸丰、同治年间，保安族迁徙到现在的甘肃积石山县大河家地区后，与回族、东乡族、汉族交往密切，再加上这里的气候、生活跟青海大有不同，于是保安族的服装再次发生了明显的变化。

现如今，保安族的男士平时戴白色号帽（用白布或黑布做的一种圆顶布帽），身穿白色衬衣、黑色坎肩、蓝色或灰色裤子；走亲访友或外出时，多穿中山服、军便服或夹克。女士喜欢穿色彩艳丽的右衽上衣、长裤，外套坎肩，并嵌有花边；一般戴盖头，通常少女爱戴绿色的，婚后要戴黑色的，老年得戴白色的。

在博物馆偶遇斌哥，斌哥说："艺术团就在博物馆旁，但是衣服要得到文化局局长的同意才能给你们。我现在只能带你们去看看。"

看完衣服直奔文化局，从两点等到五点，我们就坐在文化局门口的马路牙子上死死守着。

平生第一次向一位素未谋面的局长打听事情。即使灰头土脸、心生胆怯，也硬着头皮去做了。还好周局长客气，让马局长带我们去拍照。

正如我们担心的，衣服太紧，我穿不上！不得不拜托身材姣好的保安族舞蹈演员替我穿上这身衣服。我端着相机，给三兽和这位保安族姑娘拍下合照，又给戏精上身的三兽拍了几张花枝招展的"艺术照"。

这张没有我的照片，便成了最多遗憾的"结婚照"，作为唯一一套没能穿上的民族服装，虽说心里遗憾，但也只能怪自己长了身横肉，挡了点儿实现梦想的路。

不过想到再拍套东乡族和回族的民族结婚照，就要直奔内蒙古，去拍摄宽衣大袍的蒙古族、鄂伦春族、鄂温克族、达斡尔族、赫哲族，还有清新可爱的朝鲜族以及颇具皇家气质的满族，这对于肩宽体圆的我而言，真是件可以稍稍缓和下失落情绪又值得期待的事情了。

◆ 第四章 ◆

五五二十五难

CHAPTER 4

此刻的冬天，冷得格外辽阔。

穿上沾满四川花草芬芳的抓绒卫衣，套上晒过甘肃明媚阳光的冲锋外套，终于，在路上的第 60 天，我们站在无边无际的内蒙古瑟瑟冷风中，等到了远方好友寄来的救命用的羽绒棉裤和羽绒服。那一刻，这份来自于"家"的温暖，让我们瞬间忘记这些天来，失落、绝望、被拒绝所带来的凉意。

我们深知，找寻传统民族服装这条路不好走。反复被现实推向濒临放弃、怀疑自己的绝地，也体会过下一个转身，却是拨开云雾见青天的奇妙相遇。

有时三兽会调侃："二师兄呀，你看这佛祖是不是故意刁难咱俩？才刚开了个头，这九九八十一难怎么就没完没了呢？"

"可能是觉得咱们没师傅吧！"我会配合地皱起鼻子，压低嗓门附和。

没有师傅带路，我们只有自己走。用鲁迅先生的话说："走的人多了，也便成了路。"我俩便活学活用："克服的困难多了，也就有了希望。"

平生第一次踏上内蒙古这片广阔的土地，即便是做足功课，还是会想当然地以为，这里到处都是大草原，转个弯就有蒙古包，吸口空气都是烤全羊的味儿，随便揪个孩子都能策马狂飙自由驰骋……那蒙古袍当然是人人都有的生活必需品了！"在这里找蒙古族传统服装，绝对很容易！"我自以为是地窃喜着。

然而，踏进呼和浩特市的那一瞬间，却被眼前这座现代化的城市惊住了。这座蒙古语意为"青色城市"的宝地，早已被12月的风吹成银白。开阔平坦的柏油马路纵横穿越整个城市，追随着漫无边际的天际线伸向远方。

裹着棉衣的人从暖气房出来，一脚油门，又迅速钻进另一个暖气屋子。这儿的人除了和我想象的一样高大健硕，之外的种种，都与我想象的内蒙古完全不同。

"三兽，咱们是不是来错了地方？"望着身边行色匆匆的都市人，我失落极了。

"没事，这里找不到咱去草原找！既然来了，就好好逛逛再走！"三兽努力掩饰心中的失落，安慰我。这也是我俩一个默契的约定——当一个人情绪低落时，另一个人一定要拉住对方，不退却，开心地往前走。

呆立在博物馆的展厅前，穿行在街头巷尾，推开无数家挂着蒙古族文字店牌的铺子……我们舍不得也不能放过一丝一毫的线索，在此之前60天的过往不断告诉我们，"一线希望就是一个转机"。我们时时刻刻不断告诉自己，"再找找，衣服就在前面，我们一定能找到！"

而这一次，四天的找寻毫无线索，不断被拒绝、被误解、被搪塞，遇见的人总会误以为我们只是两个吹着牛皮开玩笑的小朋友。似乎从前躲在身后帮助我们的幸运之神一下子溜走了，只留下独自二人，孤零零地赤手空拳，茫然前行。

"要不，咱们明天去牧区吧……"此刻的我，仿佛被一块巨冰冻在心口，抬不起也丢不掉，心里难受极了。

"也行,牧区会很辛苦的,等下去采购点儿补给。"三兽点头应允。

"你们这就走了?衣服不找了?"客栈老板见我俩丧着脸,拉了把凳子坐下。

"我们不知道该去哪儿找……"

"制片厂巷,制片厂巷你们找了吗?就是那条专门做蒙古袍的巷子!"客栈老板一拍桌子,身板挺得老直,眼睛里写满期待。

"制片厂巷!"三兽一把拉起我,朝门外冲去。临到门口,一个箭步定住,回头冲客栈老板笑着说:"兄弟,谢了!等我们好消息!"

"三兽,这是去制片厂巷的路线,不远。"趁着三兽回头道谢的空档,我已经将线路图调出来,随时准备出发。

"走了!"我俩用力将厚重的木门推开,门外那漫天飞舞的雪花,竟裹着春天的暖意,美极了。

站在制片厂巷街头,一眼望去,琳琅满目的蒙古族袍子仿佛要跳出橱窗,给我们一个大大的拥抱。看着三兽眉眼间开心得撮出一朵小花,心里悬在半空的石头总算落地了一半。

轻轻推开第一扇门,暖意扑面而来。头发花白的缝纫大姐自顾自地穿针引线,沉醉在一片图案古典大气、泛着华丽亮光的布匹中。

"您好!请问,您这里有我俩能穿的传统蒙古族袍子吗?"我露出八颗大白牙,满脸笑着轻声问道。

"量了尺寸就能做,20天取,选款算价。"大姐将针落在布上,转身指着挂得老高的袍子说,"这些款都是传统的,你们自己选,都能做。"

"有现成的吗？20天，我们可能等不了那么久……"一听说要等20天，我心中沸腾的小火苗噗的一下就被一盆冷水泼灭了。

"那就只有这些样衣了。"大姐上下打量了一下我俩，摇着头说。"你们怕是穿不了。"

"那些传统款的呢？可以租借给我们吗？我们只用一天，就拍拍照。"我不想放弃，抬起手臂指向屋子最里侧，码成一排的衣服。

"这是别人定做的，不能给你们穿。"裁缝大姐转身坐回缝纫机前，一副开门送客的姿态。尽管在第一家就被彻底拒绝了，心里还是默默给自己鼓劲："没事，这是第一家，后面还有那么多！"

推开第二家门，老板说："我们只定做，不租借。"

推开第三家门，老板说："衣服倒好说，就是这帽子……帽子是我们蒙古族的尊严，别说给其他人戴了，就算不小心被别人碰到，那都是要倒霉的！我借给你们衣服，没有帽子靴子，你们也是没法拍呀！"

推开第四家、第五家、第六家、第七家、第八家……第二十五家，每一次都是满怀期待，每一次都是或直接或间接地被拒绝。虽说我们心里一直告诉自己"被拒绝是理所当然的，被接受被帮助要心怀感激"，但当自己真的一口气吃了25次闭门羹后，心里兴奋的火团早已变成一堆废柴，横七竖八地堵在心口。低头看了眼时间，下午三点，这一回，我们不仅忘记了吃午饭，就连吃饭的心情也丢到了荒原之外。

"小姬，25家了，这就到头了！还找吗？"三兽佯装无所谓地问我，心平气和里透着冷冷的失落。

"看,这家店气质好特别,我们再问一家,最后一家!"我指着面前的店铺,拉着三兽,用尽全力推门而入。

比起先前那25家本本分分的老式铺子,这家挂着蒙古族摄影工作室店牌的小店看上去格外特别。清心寡欲的水泥墙,包了浆的实木桌椅,传统的蒙古族老物件,LOFT风里透着浓浓的蒙古族气息,现代与传统融合得恰到好处,余晖洒向街头,给这家独特的小店加了一层金黄色的滤镜,看上去更暖心了。

"老板,我们想租借你们的蒙古族衣服。"赌气一样的,我望着眼前这位微胖的老板,没来由地说。刚开了店门,手里还攥着门锁的老板圆圆滚滚的甚是可爱,回头望着眼前这位没礼貌的姑娘,断然拒绝:"抱歉,我们的衣服不借!"

"不好意思,她太激动了,没讲清楚。我俩是想租借一套比较传统的蒙古族服装拍结婚照,只要一天就好。"三兽看我忽然间变得莽撞无理,赶快上前解释。

"你们,是蒙古族的?"老板上下打量着我俩,一脸不信任地说,"不像啊?"

"哎!我特希望自己是个蒙古族汉子,不过这得等下辈子了。"三兽乐呵呵地开起玩笑,努力缓和着因我而起的尴尬气氛,"其实,我们是夫妻。两个月前从重庆出发,想走遍56个民族的世居地拍56套民族结婚照,这段旅程就是我们的婚礼。"

"56套民族结婚照!"老板原本紧绷的脸一下子放松下来,拍着三兽的肩膀,兴奋地说,"两个月!没回过家?"

"没,我们从重庆出发之后,就边走边拍。路过四川的理县、卓克基，甘肃拉卜楞寺、积石山县，又去了银川，再之后就一路北上，遇上您了。"

"兄弟，怎么不早说呢！来，跟我上楼！"

"谢谢老板！"

"别见外，叫我南定哥就好。"

走到楼梯顶端，我被二楼的景象惊呆了——整个楼层挂满了蒙古族的传统服饰，从古老朴素的粗布长袍到华美隆重的鄂尔多斯婚礼盛装，陈列着蒙古族众多支系的民族服装，或华美，或古朴，角角落落更是被配饰、靴子、马鞍等塞得满满当当。我们仿佛进了一家小小的蒙古族博物馆，这里的各个物件都是值得捧在手心里的宝贝。

南定哥随手拿起屋里的一个老物件都能讲上老半天。"这是奶奶蒙古包里的柜子，它可比我还要大好多岁呢！……这是剧组拍电影的道具和服装……草原上的邻居都知道我喜欢收这些老物件，谁家有不要的柜子、马鞍都给我攒着，每次从草原回来，都能拉上好些……"仿佛，这些物件的前世今生都刻在他的脑中，记在心里。

"这里的衣服，你们随便选，我给你们配靴子、帽子。"南定哥站在屋子中央，指着周遭的衣帽架一副指点江河的豪气。我心里那25次被拒绝的失落被这份意外的惊喜搅动，夹杂着一路走来的辛苦，一下子没把持住，眼泪刷地冲出眼眶，挂着咸乎乎的泪水，只知道一个劲儿地冲南定哥说谢谢。这也是出发两个月以来，我第一次因为一套衣服泪流满面。

"好啦,不哭!眼睛哭肿了就不好化妆了,明天让我们的化妆师帮你们好好化个妆。"南定哥轻声细语地说道。

我俩顾不得感谢,直愣愣地站在屋子中央,看着这满屋子衣服发呆。

这世界可真奇怪,先给你那么多次拒绝,明明已经把人扔进了谷底,心里希望的火苗在即将熄将灭之时,老天却又伸出一张大手,忽然将我们拉上天空,这还不够,还要再给个大大的拥抱。这一路遇上的好心人、热心人,仿佛都是被这双神秘的手送到我俩面前的,

给予毫无保留的帮助,也许,这就叫幸运吧!

"我们蒙古族,最华丽的要数鄂尔多斯的新娘装,也有比较古朴传统的蒙古袍子。如果想拍比较有年代感的,可以试试这些草原牧民穿的日常装……"南定哥看我们呆站着无从下手,开始主动帮我们挑选。

"嗯,这衣服一穿,还真有点儿味道!"南定哥看着我俩点了点头,顺手又拿了双靴子递上前:"穿我们的袍子不穿靴子,就像是骏马长着驴蹄子,那可不行!"

参考着南定哥的建议,收拾得当的两个人站在全身镜前傻笑,想想这一天过山车一样的心情,还真是不可思议。

第二天的拍摄也因为南定哥的专业指导而异常顺利。蓝天白云,草原骏马,湛蓝的袍子和心爱的人,第一次画上大红唇的我挽着英俊帅气的三兽,再也没有比这更美好的事了!就这样,我们的蒙古族结婚照在眼泪与欢笑中拍摄完成。

收工返程,南定哥坚持要带我俩回家坐坐。"我当你们是家人,家人就一定要回家喝口热茶!"

推开南定哥的家门,窗明几净,圆拱形房门,湛蓝与雪白恰到好处地分布在房间里,角角落落都透露着他搁置不下的草原情结。全开放式的厨房里,看不到寻常人家开火爆炒的烟火气,角落里是

蒙古族

◎ 拍摄地：内蒙古自治区呼和浩特市

古老民谣「天苍苍，野茫茫，风吹草低见牛羊」描绘出的辽阔草原，是蒙古族的家乡。这个曾经叱咤风云的「马背上的民族」令人不能忘怀。

一大锅骨头，就连窗台上都晾晒着吃干净的大骨。

"身体离开草原，胃离不开。没办法，几辈子传下来的习惯，即使搬到城里也改不掉，这也算根吧！"说罢，南定哥递过来一大块手把肉，邀我们尝尝。

"我们习惯了早餐奶茶，主食手把肉，几乎不炒菜，但一定会吃肉喝茶。来，尝一口吧！"

怕我俩见外，索性拉开椅子坐下来，让我们喝口茶再走。从火红的保温壶里倒出大半碗浓香的奶茶，而后南定哥撒上一把炒成金黄色的小米，说："试试我最爱的吃法。别小看这小米配茶，养胃又管饱！"

轻轻呡上一小口，浓香的奶茶竟然和藏族甜茶有几分相似，但入口的小米嚼起来嘎嘣脆，一个顺滑温暖一个香脆坚硬，这一软一硬的口感撞到嘴里，十分有趣。

我们和南定哥相处三天，平均每天都要聊上五六个小时，每一次都聊到餐厅打烊、嗓子沙哑才算尽兴。从蒙古族到民族文化，从奶茶到蒙古袍，从拍照技能到梦想……

我们俩第一次在路上遇到如此聊得开的朋友，不吹牛、不捧不逗，就是简简单单、踏踏实实地说说话。不图别的，就图俩字——"高兴！"现在想来，当时聊的话已经随着吃下肚的美味消化得一干二净了，却怎么也忘不掉谈笑间南定哥始终挂着笑的眼睛。

临别，南定哥重重地抱了抱我和三兽，说："你俩照顾好自己，记得在呼和浩特还有个哥哥。"转身，头也不回地走掉。空留我俩噙着两眼热泪，望着他消失在川流不息的车流中。

我们在呼和浩特有位爱笑的哥哥，后来在呼伦贝尔又遇上了一位酷上天的姐姐。

同样位于内蒙古自治区的鄂温克族、鄂伦春族和达斡尔族被统称为"三少民族"。他们分别聚居在内蒙古呼伦贝尔市的鄂伦春自治旗、鄂温克族自治旗、莫力达瓦达斡尔族自治旗三个自治旗。而我们与这位酷姐姐相遇的地方，就是内蒙古呼伦贝尔市的鄂温克族自治旗。

告别南定哥，从呼和浩特直奔呼伦贝尔，在呼伦贝尔市与鄂温克族自治旗旗政府所在地的南屯（巴彦托海镇的旧称）辗转的第三天，顶着漫天飞雪，大脑如这飞雪一样，苍苍茫茫，一片空白，纵使寻遍可能有传统民族服装的每一个角落，一身能够让我俩套在身上穿着拍照的鄂温克族服装却是遥远的奢求。

现实中找不到，我们就去网络上寻找线索。

"三兽，你搜微信公众号，我来找微博和百度新闻。"我在本子上写下关键词，各自划分搜索区域，一头扎进网络里。吃饭这种小事当然要靠边让，只希望时间慢点儿再慢点儿。

"图不对文，拿蒙古族的衣服配鄂温克族的内容，这样的编辑，好过分！"我指着搜到的信息气得直跳脚。

"小姬，给你个惊喜！"三兽咣当一下将手机横在我眼前，指着屏幕，叫我低头快看。

"'鄂温克旗彩虹之家'？最近更新文章了吗？"我顾不上抬头，上下滑动手机，兴奋地说。

"有，你看，昨天才发的，全是讲鄂温克族的。"三兽贼溜溜地上挑着眉毛，满脸骄傲。

我一把揽过他的脖子，重重地亲了一口："老公，你太厉害了！"

"快快快，编辑回信息了！"三兽瞄到亮起的手机屏幕，挣脱我的手臂，捧起手机定了一下，一把抱紧我："他说要帮咱们找鄂温克族服装,绝对传统的鄂温克族服装！"这份好运来得实在不可思议，三兽兴奋地抱紧我，那是令人窒息的幸福感。

第二天，名为"鄂温克旗彩虹之家"的微信公众号应时推送了一篇帮助我们寻找服装的文章，我俩紧张地缩在桌子前，两部手机并排放着，不断触亮屏幕，一会儿看看是否有电，一会儿看看信号是否满格，数着屏幕上时间的跳动。仿佛看到满眼的希望，却又什么也看不到，心跳止不住地加速。

"小姬，接电话呀！"三兽猛地撞醒还在发呆的我，惊得我抬手将手机碰到地上。前一秒，我俩还低头望着地上铃铃铃响个不停的电话，下一秒我弯腰、捡手机、接电话一气呵成，从未发现自己的动作竟如此敏捷。

"你好，我是小姬。"明知电话那头的人看不到，我也开心地笑出满脸褶子，温柔友好地打招呼。

"我是永赛，明天过来找我，帮你们找好了三个民族的衣服！手机加我微信，再联系。"干净利落的几句话，仿佛不容置疑的命令，坚定有力。我还没来得及说谢谢，电话那头便响起了嘟嘟的占线音。

"有线索了吗？"三兽望着我，一脸期盼。

我摇着头，嘴巴噘得老高，一脸的不开心。

"没事，再接再厉，咱们再想其他办法！"三兽叹了口气，低头看着地面说。

我一下子跳起来，双手抱着三兽的脖子，吊在他的身上，咬着他的耳朵说："怎么可能没有呢！我们有幸运之神罩着，怎么可能没有呢！哈哈哈！"

"嘿！还学会骗人了！越来越坏了，都是跟谁学的！"

"你呀！"

"嘿！还会顶嘴啦？"三兽捏着我的脸一顿乱揉。

"饶命饶命，本来就够丑的，就不麻烦您老摧毁重建了……"我蒙起被子要躲。忽然想起永赛姐的嘱咐，要我加她微信，一下子跳起来。

"三兽，你看，这不就是黑帮大姐大的真身吗？我们是去呢，还是不去呢?"点开永赛姐的微信头像给三兽看,这还是我第一次因为一个陌生人的头像露怯。

"去,必须得去。我感觉她是个好人!"三兽坚信他的直觉。

第二天一早,我们如约来到见面地点。只见一位身穿机车夹克,脚踩鄂温克族长靴,顶着黑黄相间的阴阳头,耳朵上密密麻麻地挂了一圈耳钉的酷姐姐半倚着沙发,面前摆着鄂温克族的锅茶。她瞥见我们进来,抬手起身,迎上前来招呼我俩坐下。

"永赛姐,你好,我是小姬。"摘掉扣在头上的雷锋帽,一撮油乎乎的头发散下来,我赶忙将头发挂在耳后,也不知是室内太热了还是自觉不好意思,带着满脸灼热感和永赛姐打了个招呼。

三兽更可爱:"永赛姐,你好,我就不脱帽子了,昨天特意洗了头,结果一戴帽子就全毁了。"逗得一脸严肃的永赛姐乐起来。

"来,别客气,这是给你们准备的早餐,不吃完不准走。衣服都给你们准备好了,吃饱了咱们就去拍照。"

"姐,我们吃了饭的,你吃吧!"

"那你们就陪我一起吃点儿。"永赛姐说着,将酸奶、蓝莓酱和现烤的面包一起推到我俩面前,顺手又为我俩盛了两碗锅茶。这位酷酷的大姐姐关心起人来可一点儿都不酷。

永赛姐说:"从前,我只佩服一个人,他从我们这里徒步去了拉萨,现在我佩服三个人,一个是那位徒步的小伙子扎洛,另外两位是三兽和小姬。"永赛姐喝了口锅茶,波澜不惊地说出一句话,惊得三兽和我直呼"不敢当不敢当"。

爱在颠沛流离，不忘最初心意

鄂温克族

⊙ 拍摄地：内蒙古自治区呼伦贝尔市鄂温克族自治旗

在远去的贝加尔湖边，
在心醉神迷的呼伦贝尔大草原之上，
在郁郁葱葱的大兴安岭原始森林之间……
传唱着鄂温克族的赞歌。

永赛姐与扎洛正忙着拍摄着一部名为《扎洛》的电影，这是一部讲述鄂温克民族手工艺传承的电影。"扎洛"在鄂温克语中是"小伙子"的意思，所以，这部电影不仅是讲述扎洛徒步归来的学艺之路，更是年轻一代的鄂温克人对民族手工艺传承的思考与努力。

与永赛姐一起到剧组探班时，有幸见到了鄂温克族非物质文化遗产之一的欧蒿柱（柳条包）的传承人。

永赛姐说："从前，我们草原上的鄂温克人要住柳条包，而像使鹿部落那样的狩猎部落会住在撮罗子里。两种截然不同的房子，都是我们鄂温克人的家。"

如果说一个个独具特色的民居是颇具地域特色的家，那这一件件被我们穿在身上、形态各异的民族服装，就是我们这一路走来可以安心的家了。

绸缎的表面，衬上羊羔皮里子，穿上这套"从天而降"的鄂温克族传统袍子，站在皑皑白雪中，咧着嘴，笑得心花怒放，从皮肤暖到心窝里。三兽张开双臂，抱紧我说："现在，我挺感谢那些拒绝我们的人，如果不是他们，我们可能没办法一步一步找到南定哥，遇上永赛姐。"

我反手抱住三兽，心里更是一万分地感谢道："多谢在熙熙攘攘的人群中遇见你，多谢你纵容我去做着一个又一个不靠谱的白日梦，更谢谢你，那么坚定地、义无反顾地带我去实现我们的梦。"

"年轻是抗冻啊！拍完赶快回屋！"永赛姐见我们拍完照还在雪地上发呆不舍得走，瞬间化身酷姐姐，连催带拽地撵我俩回房间取暖。

"下一站,你们要去哪儿?"永赛姐利落地叠着我们脱下的袍子,漫不经心地问道。

"敖鲁古雅!我想去使鹿部落看看,还有驯鹿!"提起远方,我眼睛总会发光,心跳更是不自觉地加速。

"好,明早咱们去敖鲁古雅,姐带你们去。"

"姐,300多公里的冰雪路,心意我们领了,但不能再耽误你时间了。"三兽断然拒绝。

"我去办事,顺路带你们。"

"姐……"

"不用谢我,谁让你们运气好呢?"永赛姐调皮地坏笑说,"明天,咱们一起出发。"

"好,下一站,敖鲁古雅!"三兽上前给永赛姐一个大大的拥抱,是感谢,也是提前的告别。

◆ 第五章 ◆

最有味的婚服

CHAPTER 5

要说这北方的少数民族，还真是跟动物颇有渊源。

走进大兴安岭，寻见居住在敖鲁古雅的鄂温克族使鹿部落。千年以来，任时间流过它的山门，依旧谨守着自己的古朴。他们是中国唯一饲养驯鹿的少数民族，以驯鹿为伴为生，仿佛是他们世代传习下来的族训。

在延绵起伏的大兴安岭另一端，身穿狍子皮头戴狍甲帽，在茫茫林海中过着游猎生活的鄂伦春族的先民们，更是衣食住行都离不开狍子的无私奉献。

而接下来我们要找寻的，便是一个以"鱼"为生的民族——赫哲族。

一路北上，经黑龙江省佳木斯市直奔与俄罗斯一江之隔的赫哲族村落——街津口村。穿过冰天雪地的冷，抵达这座极北的村子已是傍晚时分。

今晚住得实在辛酸。窄小的隔间房里仅仅能摆下两张一米宽的单人床，两张床之间，是二十厘米宽的过道，我俩硕大的背包只能摞起来，立在门后，勉强半开着门，侧身进出。走廊尽头的楼梯下，是整层近十个房间共用的唯一一间公厕。

即便是这样一间小小的隔间，也是翻遍了整个村子才找到的，实属不易。你可别小看街津口这座村庄，它可是大名鼎鼎的"街津口赫哲族乡"，是全国人口最少民族之一赫哲族主要聚集的村落。站在江边上，都能和江对岸的俄罗斯居民打招呼。

听当地村民讲，整个冬季河道边都在施工，本来就没几户人家的村子，空余的房间早已被工程队长期租住着。要不是有这样一处小隔间容身,我俩怕是要在零下三十几度的祖国边疆露宿街头了。

天色渐渐暗下来,在村口小炒店随便吃了点儿饭就赶回去准备睡觉。被大雪包裹了一整个冬季的天地间,依稀能想象到草长莺飞时这座小村庄的热闹。

冬天的村落是空寂的,守着火炕的留守老人打着瞌睡,三两户人家的烟囱里断断续续地吐着白烟。村间冰道上,寂寥得连条流浪狗都遇不到。只有地面和房子上的积雪反射出的白月光,为这份清冷死寂增添了一丝情趣。

原本计划着早早睡了,第二天早起去小炒店老板口中大名鼎鼎的赫哲族老人家里,拜访这位神秘的老人家,聊聊天,打听传说中的"鱼皮装"的下落。

伴着走道里人来人往笨重的脚步声和老烟民特有的沙哑咳嗽声,半睡半醒地不知过了多久,终于静了下来。

"晚安。"道一声晚安,心想,终于可以安心睡了。渐渐地,耳边鼾声四起,沉闷的呼噜声拖出长长的喘息。"一个人,两个人,三个人,四个人……"细细数来,竟有十多种不同节奏的呼噜声从四面八方袭来,包裹着我们,没完没了,长久不散。仿佛自己就睡在这十多位壮汉身边,又惊又气。

"什么鬼!"起身,开灯,本就浅睡的三兽,气愤地坐起来,伸长手臂敲了敲四面白墙,我俩直接傻了脸。这哪里是白墙,明明就是四块薄得可怜的木板搭出来的隔断。原本以为只是连接门窗的墙是木板,这下可好,四块木板搭出来的房间还奢望什么隔音。想来这房间找得实在不易,也就忍了,钻进被窝蒙上被子,祈求着隔壁

鄂伦春族

⊙ 拍摄地：内蒙古自治区鄂伦春自治旗阿里河镇

高高的兴安岭一片大森林，森林里住着勇敢的鄂伦春，
一呀一匹猎马一呀一杆枪，獐狍野鹿满山遍野打也打不尽……
这首流传甚广的民歌，唱出了鄂伦春人的生活。

第五章　最有味的婚服

那些壮汉大叔不要半夜梦游撞塌了墙板就好。

说是起了个大早,其实是一夜未眠。早早走进赫哲族老人家中的院子,往屋里望——老两口正在看电视。叩门而进,老人家起身迎接,热情的笑脸暖意十足,全然不介意我们这对冒昧的陌生人。

老人家姓尤,89岁高龄,扁平的颧骨上方一双细眼很是有神,头发花白。老伴懒懒地躺在火炕上,微闭着眼有一搭没一搭地和我们聊着天。

谈及老两口的血统,尤爷爷甚是自豪:"我们老两口是纯的!"

尤爷爷乐呵呵地说:"赫哲族老辈们都以打鱼为生,有时也狩猎。不过我年轻的时候开货船,在船上一待就是38年!"

我们望着头顶的黑白照片,前排中间坐着毛主席,后面黑压压一片都是穿着暗色老式大褂的年轻人。

"那是毛主席接见我们时的合影。"老人说完,眼睛喜滋滋地眯成一条线。

"最边上是我,那会儿21岁,我是赫哲族里第二位见到毛主席的人。"说完,眼睛再次乐成一条缝。

我看着三兽,仿佛中了头彩一样笑起来:"咱们运气真好!能遇上这么牛的尤爷爷!"

"爷爷,别理他,咱们聊。"三兽鄙视地看了眼满脸惊喜的我,拉着尤爷爷继续聊着天。这个人口最少时仅有300余人的民族,能延续到现在,实属不易。

老人家指着老相框说:"这是我儿子,这是我女儿,都是纯赫哲族的。这是我儿媳妇、女婿,都是汉族。这是我孙子、外孙,都不纯了!"说完老人家哈哈大笑,旁边的老伴佯装生气,皱着眉说:"老头子什么样,一点儿正经都没有!"

"尤爷爷,现在家里还会穿鱼皮装吗?"

"哪儿还穿这个!都穿这衣服!"老人家揪着自己的外套说,"不过前几年乡里给上了岁数的老人,每人发了一套绸子做的老式衣服。"说着,起身从大衣柜里翻出衣服,示意我们穿上试试。

穿上粗布褂子,三兽应景地拿起成捆的柴火,假装自己是尤爷爷勤奋能干的长孙,还指挥着我说:"哪家傻媳妇,回家就知道傻站着,快,拿扫把扫扫地,拎着水桶走一走……"三兽掌机拍照,他期望我们穿上这身衣服,就仿佛真的成为当地人般,举手投足间都是温暖的生活气息。

我也只能笨拙地附和着,毕竟,时不时让我冒充临时演员,这活可不好接。比起不争气的我,三兽的相机更会闹情绪。长时间在零下20多度的空气里赤膊上阵,怕是再好的相机也扛不住吧!工作十多分钟就自动关机是常有的事。

尤爷爷看着我俩吵吵闹闹,斗着嘴打着哆嗦还要一根筋地拍下去,老人家裹紧大衣,叹口气说了句"到底是年轻人啊",就转身回屋。

告别尤爷爷,三兽不死心,一定要见一见传说中的那套鱼皮装。

"赫哲族可是捕鱼的好手,人家捕鱼、吃鱼,还能用鱼皮盖房子、造船,是名副其实的鱼皮部落。区区一件鱼皮装,怎么可能找不到?"

三兽就是用这么一套理论，让我们坚信，一定能找到鱼皮装。

我们在同江的街区漫无目的地四处寻找、打听。功夫不负有心人，经图书馆一位女士的指引，我们找到了艺术馆馆长的办公室。

敲了几下馆长办公室的门，无人回应。听见隔壁房间热闹非凡，就壮着胆子进去自我介绍，说明来历，房间里一下子静下来，其中一位袁姓的女士尤其热情，邀我们坐下，倒水沏茶，说："我们齐馆长可是当年56朵金花中的赫哲族金花，在赫哲族中特有名气。只是今天她外出办事，明日上午九点你们再来。我们馆长人好，准会帮你们的！"

第二天我们早早来到齐馆长办公室，馆长更是热情。打开办公室的柜子，拎出一个黑色口袋，小心翼翼地从口袋中拿出一件鱼皮装。瞬间，整个屋子充满了童年最爱的鱿鱼丝同款鱼腥味，凑近衣服一闻："哇！真的是鱼皮！"

这件找了半个月的衣服，终于有机会捧在手心上摸一摸，闻一闻了。三兽将镜头凑近鱼皮衣，相机像是饿了半个世纪的猛兽，咔咔咔的快门声响个不停，贪婪地捕捉着鱼皮装的每一处细节——鞣制好的鱼皮成了柔软而金灿灿的"布"，鱼皮裁切成头发丝粗细的"线"将一张张胖头鱼皮拼接缝合，妙的是，就连衣襟上的纽扣都是鱼骨制成的……

齐馆长拿着衣服在我身上比画了半天，摆摆手说："这个你穿小了，我帮你们借别人的，能不能借到，就要听天由命了！"说着，拿起电话转身出门。

而我，完全被眼前这位透着仙气的漂亮馆长吸引住了。深眼窝，巴掌脸，厚厚的羽绒服也藏不住她纤瘦而凹凸有致的身材，完全不能相信这位皮肤紧致、眼神中透着少女气的馆长，家里的孩子已经念了大学。

"三兽，齐馆长……好漂亮！"扯扯三兽的衣角，我悄悄跟他说。

"嘿，姐们儿，你一大姑娘……擦擦口水！"三兽狠狠地戳了戳我满是肥肉的手臂，毫不客气地说道。

我俩呆坐在沙发上，望着手头这件仿佛可以塞进嘴里嚼嚼吃了的鱼皮装，真诚祈祷："千万要找到啊！千万要找到！"找了这么久，心里最清楚，如果齐馆长都借不到我能穿的鱼皮装，那我俩也就只能是看看的命了。

"看吧！让你少吃点儿，现在尴尬了吧！"三兽抱怨道。

"我饿！天天走这么多路，还不让吃，你走得下来啊？"我不服气地还嘴。

"你一个女孩子吃得比我还多，怎么会不胖？"三兽越说越气。从前，三兽并不在意我是否胖，只是这趟旅行，单单因为我胖，就只能看着辛辛苦苦找来的衣服干着急，实在让三兽发愁。虽然我嘴上不客气，但心里却是一万个对不起，恨不得一秒钟变身'行走的衣架'，随便拎套衣服穿上身都能美得不可方物。而这一切，眼下也只能是想想了！

"来，试试这套！"齐馆长踩着高跟鞋，拎着硕大的黑色口袋，伴着更加浓郁的鱼腥味回来了。

"哇！这件好漂亮！"金黄色的鱼皮衣缝上柔软的皮毛，显得格外厚实贵气。硕大的鱼皮裤子摆在面前，我更是信心满满："这件，我一定能穿得上！"

齐馆长从箱子中小心翼翼地取出全毛的头饰："这是我给自己定做的，全新，你是第一个戴的，来，看看美不美？"站在镜子前，看着齐馆长帮我戴上头饰，理好散乱的发丝，心里是说不出的感谢。

一路走来，越发觉得这世界的奇妙，当你真心实意想去完成一件事情时，仿佛有一双无形的手，指挥着全世界来帮你、鼓励你，去将这些心愿变成现实。而那些坚持不懈的努力，最终真的会变成越来越不可思议的好运。这就是"越努力，越幸运"吧！

因为制作工艺复杂、材质特殊，会做鱼皮装的人现在更是寥寥无几，不管是储存还是穿戴、使用，都得小心翼翼地将这鱼皮装捧在心尖上。自然，我们也不例外。

脱去厚重的羽绒服、羽绒裤，扭着身体将上半身小心翼翼地塞进鱼皮上衣里，穿裤子时更是一百倍的小心，唯恐一个踉跄将两条裤腿扯出大洞。穿上衣裤，全身的肌肉都紧绷起来，微微架起手臂，怕因为摩擦弄坏了上衣；如同相扑手般叉着腿走路，怕哪一步没跨稳，扯出一条开裆裤。

我还好，只需要架着手臂拿上渔网叉子这些拍摄道具，行动起来还算得心应手。三兽最可怜，他不仅要架着手臂叉着腿，拿上笨重的相机和三脚架，还得在冷风中像只金黄色的大企鹅一样摇摇晃晃地找寻合适的拍摄机位和背景墙。

单是在零下 20 多度的冷风中站上两分钟，就被刺骨的风吹得仿佛裸奔在冰雪间。不仅手脚被冻得冰冷，全身的血液都要被冻住了，后来翻看那天拍的照片，发现我俩的笑都带着冰冻感，仿佛不太精致的蜡像，努力惟妙惟肖，却连微笑都挤得艰难。

齐馆长和袁姐裹上羽绒服，下楼看我们拍照，还没两分钟，两位女士就冻得直跺脚："哎！太冷了，你们自己拍吧，我们回房间看着！"说着，踩着小碎步，哈着白气，一路小跑地往回走。

我按照三兽的指示找好位置站定，三兽支起三脚架，将裹在羽绒服里的相机拿出来，连上红外发射器、遥控器，拍了拍相机，说："兄弟，今天争口气，坚持半个小时，千万别死机！"顶着被冻得通红的脸，迈着可爱的企鹅步，向我挪了过来。

"这次，就不求婚了吧？"担心衣服承受不了单膝跪地这样"大幅度"的动作，我望着三兽说。

从前听说超模都是"衣架"，这次我俩当了回另类衣架。全身的肌肉都依附在这身鱼皮装上，架起手臂叉着双腿，我们根据它的缝制走线方式做动作，连走路呼吸都变得小心翼翼，这衣服穿在身上一分钟，全身神经就是一百分的紧张。

"我试试，不行咱就不求了。"看得出，三兽比我更担心这衣服。只见他轻手轻脚地转过身来，一手扶着墙壁，将一只脚缓慢挪至身后，以近乎十倍慢速播放的速度将力量附着在手臂上，慢慢下蹲，连吸气吐气都变得小心翼翼，生怕喘气撑破了衣服。我也不敢说话，竖起耳朵听着衣服发出的声音。三兽刚刚半跪在地上，就按动手里的遥控快门。

"滴滴——"两声之后，相机竟没了反应。

"小姬，我起不来，你把机器塞到羽绒服里暖一下，快。"三兽

赫哲族

⊙ 拍摄地：黑龙江省佳木斯市同江市

《乌苏里船歌》是对赫哲族诗意的描绘。
曾长期以渔猎为生，因喜食鱼肉，善于鞣制鱼皮，
喜着鱼皮衣，他们也被称为"鱼皮部落"。

第五章 最有味的婚服

满脸歉意地望着我。

捧起冰冷的相机，按照三兽的指示，准备塞到羽绒服里取暖，却发现失去身体的温度，放在地上的羽绒服早已凉透了。无奈，我背过身去，解开鱼皮衣，掀开贴身保暖衣，用体温暖相机。这一幕，不想也不能让三兽看见。

"把相机给我拿过来！赶快扣上衣服，冻生病怎么办！"三兽还是看到了，怒火中烧。

"我暖就生病，你暖就没事！"每次遇到这种事情，三兽都当我是软妹子。这回，我不服气地顶回去。看着他小心翼翼地企图站起来，我试着按了按相机快门。"别动，相机好了！快拍！"

将相机装上三脚架，来了个企鹅快跑，冲到三兽身边，心里乞求体温能在相机上多留一会儿再多一会儿，让我们拍完这组照片就好。不幸的是，这零下20多度的冷风可不是吃素的，呼呼两口气，就将相机瞬间冻透了。这一回，三兽说什么也不准我去暖相机，坚持要自己去，就这么又来回暖了两次相机，这套场地简陋但衣服却格外珍贵的赫哲族结婚照总算拍了下来。

"你看，是齐馆长！"很久之后的一个夜晚，偶然看到央视民族歌会，只见漂亮的齐馆长穿着赫哲族盛装，身旁是慈祥的赫哲族老人和可爱的男孩，吟唱着悠扬的赫哲族船歌。

"快看奶奶身上的衣服！"三兽从床上一跃而起，兴奋地指着屏幕上的鱼皮装，回头笑着说。

"就是我穿的那件！百分百错不了！"万万没想到，老人家身上那套鱼皮装，竟然是我们曾经穿过的。此刻，我们感受到的是，自己的气息融进了这身衣服，他们的民族文化也跃进了我俩的未来。这身珍贵的鱼皮装一下子拉近了我们与赫哲族人们的距离。

不仅是这身赫哲族的鱼皮装，更是我们走过的民族世居地、遇到的各民族朋友们。我们聊着家长里短，吃着自家采摘的瓜果蔬菜，穿上他们世代传承的民族服装。每每提起各个民族的名称，眼前闪现的都是那些熟悉的脸庞和亲切的笑容，这些从前看上去冰冷陌生的民族名称，一下子变得温暖而热诚。我们也渐渐变成他们中的一分子，以别样的方式讲述着这个民族的从前，更参与到他们的今天、明天中去，从此，息息相关。

◆ 第六章 ◆

搭车奇遇

CHAPTER 6

一路北上，自进了内蒙古之后，便是铺天盖地的白雪皑皑，想来从11月内蒙古的草原雪景看到了大兴安岭的雾凇雪原，硬生生在看雪的路上跨了个年。

在郊外的路边，踢着雪块哼着歌，我俩还不忘团几个雪球，顺便打个雪仗。背着大包跑跑停停，呼哧呼哧的白气飘到眼睛眉毛上，瞬间凝结成霜。

"嘿，你俩干吗呢？"一辆白色小轿车一脚刹车停下，副驾车窗探出一位头发花白的老人，乐呵呵地问我们。

"去哈尔滨！"三兽手里攥着雪球，高声回答道，话音刚落，一个转身，把雪球砸向我。

"走吧！我们也去哈尔滨。"驾驶室下来一位自称王哥的人，绕到后备厢，示意我俩把背包塞进去，邀我们同行。

为了安全起见，我们原则上是不会单独与两位以上男性同行的。但看到副驾爷爷辈的老人慈祥可爱，王哥举手投足间也不像什么坏人，就凑上前去问："到哈尔滨得300多公里呢，那车费……"

"不要你们车费，走吧！"王哥顺手把背包塞进后备厢，示意我俩上车，转身回了驾驶室。

我们还未坐稳，念着这份来得太突然的好运，赶忙向王哥道谢，副驾驶座上的老人说："你们王哥人好，他是大老板不在乎那点儿小钱，放心吧！别见外。"

去往哈尔滨的路，300多公里，窗外时不时地飘着小雪，雪花后面是铺天盖地的苍茫荒野与一整个冬天都化不掉的积雪。

六个多小时的车程，一行四人在车上有一搭没一搭地聊着天。老人累了，时不时歪着脑袋打个瞌睡。王哥车开得格外稳，也不知是怕老人吃苦头还是车技本身就极好。老人迷糊一会儿，醒来就从腿上的红布包里掏出些吃的，往王哥嘴里塞："来，吃点儿东西。"那口气和神情，像极了母亲看我熬夜加班时心疼的样子。

还有60多公里到哈尔滨时，老人忽然说："孩子，这两年辛苦了。总麻烦你这么大老远陪我去看他。哎！我那不争气的儿啊！"

"叔，你别客气。怎么说我们都是在一个号里的兄弟。他在里面没少帮我，我出来了也该帮帮他。"王哥心平气和地讲出来的话，却瞬间击垮我所有的困意。

"狱友？探监？"这俩词一下子蹦到我脑海里，无论如何也没办法将眼前这位和善有礼的王哥与囚犯联系在一起。我赶忙掏出手机，打出"王哥是老人儿子的狱友吗"悄悄递给三兽，三兽转头看着我，轻轻点了个头，示意我别怕。

竖起耳朵，睁大眼睛，我全神贯注地盯着车里的一举一动。直觉告诉我，王哥和老人家对我们不会有恶意，但心底却不敢有丝毫大意。

"行了，就把我送到这儿吧！我知道你忙，今天就不留你回家吃饭了！"老人家示意王哥停车，临下车还不忘再交代一句："自己做生意不容易，记得少喝酒，多吃饭。"

王哥冲老人一个劲儿地乐，说："叔，您放心。我改天再来看您。"王哥将车停在路边，望着老人家缓缓走过马路，才打火起步。

透过后视镜，王哥看着我们说："你们年轻人啊，就是好！这婚结的，有意思。不过别怪我啰唆，这一路，你们遇上一万个好人是运气，遇上一个坏人这辈子就完了。知道不？"

"王哥，您放心。您看我长得这么爷们儿，我俩包里都是锅碗瓢盆和衣服，没啥值钱的东西。劫财劫色的都看不上我们。"我打趣地跟王哥开起了玩笑。

王哥原本乐呵呵的脸，忽然一下子严肃起来。"有种坏人，他什么都不图，就想冲你使坏，那时候，你怎么办？"王哥叹了口气，意味深长地说道。

"总之，你俩以后路上小心。你呀！男子汉，照顾好自己的老婆！"王哥回头望了眼三兽。

"那肯定。这点，请王哥放心！"三兽毫不迟疑地回答道。

在满是冰雕的热闹街区，我们下车，王哥的车汇进密实的车流中，消失不见。我望着前方，问三兽："你说，王哥算好人吗？"

三兽微微皱着眉头，说："好人？"定了一秒钟，再次脱口而出，"嗯！好人！"他重重地点了点头。

在东北辗转了三个月，我们终于抵达辽宁海城，想来这也是我们年前的最后一站了，下一站就是顺路回家过个年，想来不自觉地感到轻松许多。

我俩背着大包，背对马路站着，定位好宾馆，打开手机导航，左扭右晃地准备跟着导航走过去。一扭头，身后停着一辆黑色轿车，车窗缓缓摇下，满脸堆着笑意的大哥努力探出头来，问道："嘿！

你俩要去哪儿呢？"

出门在外这么久，我俩谨记一条"害人之心不可有，防人之心不可无"，尤其是在这熙熙攘攘的城市里，主动和我们搭话的人，不得不防！

我回道："大哥，我们就去前面，两步路就到了。"

司机大哥依旧面露喜色，笑着说："我刚好也去前面，送你们一段。"

"不用，不用。大哥，谢谢您，我们坐公交就好。"见司机大哥这么热情，我心里就更犯嘀咕了：这怕是遇上拉客的黑车司机了。人生地不熟，这车也没打车表，我们真坐上，谁知道会问我们要多少钱啊？劫财还好，那要是劫色呢？

我被自己的想象力吓到了。看车窗玻璃反照出的自己，灰头土脸，傻里傻气的雷锋帽下，油滋滋的头发有一搭没一搭地贴在脸颊两侧，天蓝色的羽绒服硬生生穿成了蓝灰色，衣袖下侧和衣服两边磨得黝黑发亮。羽绒裤外面又罩了条肥大的牛仔裤，亮黄的徒步鞋都走成开口笑了。重点是，这裹成棕熊一样的身形，只要不开口，就像个土生土长的东北壮小伙！

转眼看看三兽，差点儿把自己乐出声来。这小伙子，戴着和我同款的雷锋帽，漆黑的羽绒服裹着瘦高的身体，看上去竟有些单薄帅气，套了羽绒棉裤的两条腿依旧细成麻秆。虽说长得黑，但贵在五官好看，洗洗收拾收拾还是个帅小伙。跟我站在一起，反倒像在家备受欺负的帅气弟弟。"难道，这位大哥是图三兽点儿什么？"这个念头一冒出来，我就狠狠地掐了自己一下。"妹啊，这脑洞，开

满族

⊙ 拍摄地：吉林省四平市伊通满族自治县

满族祖先以氏族、部落为单位，
东北地区的"白山黑水"是满族人的故乡。
如今，我们穿越二省四自治县，在博物馆中拍下满族服饰。

得可真大！"

大哥看我站在旁边发愣，就补了一句："你们放心，我不要钱！"

三兽戳了我一下，我俩四目相对，眼神达成一致："走，看看他想干吗！"三兽就顺口答了一句："谢谢大哥，那就麻烦您了！"

我一头扎进车里，还没别过身，就乐呵呵地凑上前去问道："大哥，您贵姓呢？"

"你们叫我峰哥就好。"大哥回过头来，脸笑得越发圆润。

"峰哥，您为什么愿意搭我们呢？"我迫不及待地将心里的疑惑吐了出来。

"你们包上不写着'搭车去结婚'嘛,我车刚好空着，就搭你们了。"峰哥也是爽快，想都没想，就脱口而出。

我俩一听，乐了。好可爱的峰哥，这理由，怕是我听到最棒的答案了。

当峰哥得知我们预订的住处在火车站附近时，眉心瞬间皱出川字纹，一脸担心地叮嘱道："没有其他地方了吗？火车站附近有点儿乱。"

"峰哥，您放心吧，我们在网上查过的，这家没问题。"说完便看到赫然耸立着"海城"两个大字的火车站，出现在左手边。

车靠路边停稳，我们笨拙地挪出车子，刚凑到副驾的车窗前准备道别，峰哥一拍脑袋说："哎！我这儿刚好有几张洗浴中心的券，含早晚餐还可以洗澡睡觉看电视，要不你们去那儿住吧！"伸手就从车里摸出一叠洗浴券，塞给我们。

"这……"住在洗浴中心？这体验我们真还从未有过。更多的是好奇，好奇海城的洗浴中心到底长什么样。但转念一想，若是真住在洗浴中心，拿着电脑跑来跑去，岂不是更危险？那我们晚上怎么整理素材？翻来覆去地想着，心里开始犯嘀咕了。

峰哥看我们迟疑，以为我俩不好意思收下这些洗浴券，他说："没事，你们拿着吧！我平时也用不着。再说，你们住洗浴中心，我还放心些。走，上车，我带你们去！"盛情难却，我们也不想那么多了，点头说了声"那就麻烦峰哥了"，峰哥回头看着我们，说："没事，顺路。"

下车前彼此加了微信，没多一会儿峰哥就发来信息，约我们晚上和他的朋友们一起吃顿饭。我俩本就不是饭局爱好者，若不是特别熟悉的朋友，大多数饭局能推就推。峰哥看我们再三婉拒，错以为我们担心他是坏人，便亮明身份："你们放心，我是警察。我的朋友们知道你俩的事之后，觉得很不可思议，就想一起坐着聊聊天。"我们实在不好拒绝，便答应下来。

这位警察大哥带来的朋友们竟如此有趣。峰哥话虽不多，却总是乐呵呵的。他和另外三位朋友是发小兼同学，其中一位同为警局兄弟，我称他为飞鹏哥。飞鹏哥精力异常旺盛，话多又有趣，一来二去我们聊得像老朋友。另外两位哥哥，话不多，低调大气，更像是深藏不露的高手。

飞鹏哥还没等我们坐定,就连环抛出无数问题,瞬间从严肃的警察变身青春活力的"好奇宝宝"。

"你们怎么想到要这么走的?"

"路上有遇到过危险吗?"

"家人放心吗?他们没有拦着你们?"

"路上有没有遇到什么特别的事情?"

"你们来海城做什么?有什么需要我们帮忙的吗?"

我们和飞鹏哥你一问我一答地聊着,全然忘记了我们之间十多岁的年龄差,他的语气神态像极了十八九岁的阳光少年,满眼美好,满眼期望。

此次来海城,主要是为了中转去岫岩满族自治县,看看那里是否还能找到满族的传统服装。来回十多天的辗转,峰哥和飞鹏哥对我们时刻关心着。当得知我们最后会从海城直接回家,结束年前旅行时,他们高兴坏了。

返回海城,飞鹏哥早已悄悄替我们订好酒店。我们一再推辞,坚持要自己付钱,他却说:"你们是我的弟弟妹妹,又是新婚。别的地方咱不管,到海城,我们就必须得让你们舒舒服服开开心心的。这就是你们的家。"

那天,我们一起吃了最后一顿晚饭。那顿晚饭吃得特别特别久,吃到烧烤店打烊,我们才依依不舍地道别。也许是因为彼此熟悉,也许是因为一见如故。酒过三巡,飞鹏哥举起酒杯说:"来!我敬

你们小两口！看到你们，开心！"

两位大哥第二天一早，前后脚赶过来。峰哥送来两只海城烧鸡，便匆匆离开。飞鹏哥买了啤酒、小吃，执意要送我们进站。路上，飞鹏哥说："你峰哥丫头生病了，他赶着送孩子去医院，不然一定会和我一起送你们去火车站的。"

我们坐上火车，看着站台下的飞鹏哥一个劲儿地冲我俩乐，却不肯离开。火车缓缓地启动了，飞鹏哥跟着火车走了两步，挥手向我们道别，看着越来越远的告别，我的眼泪差点儿没有控制住。在车上，打开峰哥送来的热乎乎的烧鸡，我们一句话也说不出来，不敢对视，只顾埋头吃。我发誓，那是我长这么大吃过最好吃的烧鸡。

一路上都在想，为什么这几位哥哥会对我们如此好？

身为警察的峰哥说："因为工作，我接触到的年轻人多是有问

朝鲜族

⊙ 拍摄地：吉林省延边朝鲜族自治州延吉市

题的人。时间久了，难免心生悲观。看到你们，听到你们讲的故事、遇到的人，忽然觉得这个社会很温暖，还有希望！"

飞鹏哥说："我也年轻过、疯狂过！我和你们一样，在周围人眼中都算是异类，但是我们又是最知道自己要什么的人。看来，我也要准备去实现我的小梦想了！"

另外两位哥哥说："一路辛苦了，你们别客气，需要什么尽管说。"

很多时候，我们会因为一个人，对一类人产生好感。也会因为一群人，对一座城市产生感情。这四位帅气的海城哥哥，在我心里就是海城 F4，帅气、仗义。

而海城，也因为他们，在我们的回忆里，从地图上的一个小圆点，变成一个满是温情与感动的家。

第七章

泪眼新娘

CHAPTER 7

"三兽,快救我,这婚不要结了!"顶着苗家阿妈帮我绑好的满头银冠,穿上银雕彩绣的嫁衣,坚持了不到一个小时,终于还是忍不住,含着眼泪向三兽发出呼救。

"你不是最想穿苗族嫁衣吗?怎么穿好了又不结了?你是在逗我?"三兽不满我出尔反尔,辛苦了那么久才找到的价值二十几万元的苗族婚服说不穿就不穿,太不懂得珍惜大家的辛苦与好意。

说这苗族的婚礼,也算是我俩出发以来第一场地地道道的民族婚礼了。穿着价值几十万元的苗族盛装,还有和蔼可亲的苗家阿妈带上一众亲朋好友帮我们主持婚礼,在这个名为台江县的地方,满心欢喜地期待着正式举办苗族婚礼的这一刻,却万万没想到,说好的花枝招展,想象的满心欢喜都没有,等来的却是不知是福是祸的泪眼模糊。

苗族

⊙ 拍摄地：贵州省黔东南苗族侗族自治州台江县

第一次收到政府邀约，在台江县变身苗家姑娘。这个完整保存着苗族九大支系服饰的县城，着实惊呆了我俩的双眼！

哭成泪人的我，坐在苗家雕梁画栋的吊脚楼中，掰起手指数我们在路上的时间，企图靠分散注意力，减轻脑袋撕裂般的疼痛。细细数来，从重庆走过东北，再从最北端的村落一路南下穿过四季，不知不觉我们已经在路上200多天了，却不慌不忙仅拍了17个民族20余套民族结婚照。想来，这该是最慢的婚礼吧！

"好痛，救我，脑袋要裂开了！"眼泪吧嗒吧嗒地往下掉，整张头皮仿佛被人拽起，发根都是扯着神经的痛，我抱着电话向三兽发出哀求般的呼救。这会儿三兽才意识到我没有开玩笑，也顾不得什么风俗讲究，一个箭步从屋外冲了进来。

"我看看，怎么了？"在三兽心里，我是个坚强的女汉子，若不是真的痛到难忍，一定不会在这个时刻掉链子。

"好好的，怎么会头痛？"

要说这苗族村寨众多，至于为何会来台江这座县城，那可不是没有原因的。这座名为台江的县城，是贵州省黔东南州下辖县，整个县城有97%的居民都是苗族人，更有"天下苗族第一县"的称号。而传说中"世界最古老的情人节"——姊妹节，是诱惑我俩前来的最大动力。台江姊妹节活动中最为震撼的要数县内九大苗族支系，男女老少都会穿上价值不菲的苗家盛装，举行一年一度的游行盛会，成为一道最美最贵的风景线。

"是我给你头上戴的银饰太多太紧了！"先前给我梳妆打扮的苗族阿妈，踩着叮叮当当的小碎步进来了，不慌不忙地帮我松开头上的银饰，边拆边说："我们苗家姑娘从小就这么戴，都习惯了，哪里会喊疼？"

"你们汉族姑娘啊，还是受不了这份美。"说着，阿妈一脸得意。是啊，这套苗族姑娘从小穿到大的苗家盛装，还真不是任谁都能受得起的美丽。

"阿妈，真的疼！"擦去眼泪，看着一旁耸着肩的三兽，我撇撇嘴。等阿妈走了，我扯着三兽说："她们真的好厉害！这个银家伙戴上去又重又痛，她们竟然从小就开始戴，不能比不能比！"

"你看阿妈的发际线都上移了，怎么会不痛，人家那是为了美，能忍！哪像你，还没戴一会儿就哇哇乱叫。"三兽一脸嫌弃地说道。

听着门外越来越热闹，阿妈推门进来，催三兽出去。头皮的疼痛感还没退却，阿妈就要将这头银饰再次给我戴上："阿妈，能给我少戴点儿吗？疼！"我哀求道。

"不行，我们苗家姑娘出嫁，就是要把全家的银饰刺绣都戴上，不然要被人家笑话的。"阿妈一个劲儿地往我头上身上戴银器，脖子上更是一口气套了四根纯银颈圈，各个分量都不轻，就连藏在宽大袖子下的手腕都不放过，各戴上两个宽大的手镯，手指被套上做工精美的银制指套。唯恐我这个'冒牌女儿'走出房门被寨子里的人笑话。

一身婚服佩戴齐全，我站起来便要微微打战，手臂肩膀被挺括密实的刺绣撑起，全身肌肉都在用力配合着衣服的姿态，别说走路，就是站着都略显艰难。

哎，谁让我自己想要穿遍56个民族的传统服装呢？这该受的苦，怎么也得忍下去。身披重工刺绣的嫁衣，从头到脚戴起数十斤的银器，真比背着那二十几公斤的登山包要累得多。而此刻，窗外芦笙伴着唢呐声，和着人群的喧闹，我艰难地挪到干栏房镂空的窗户旁，却只能眼巴巴地看着外面的热闹。

嘿，三兽这会儿正得意扬扬地带着一众苗族阿哥扛着鹅，担着酒，带上数十斤的猪肉，成筐的三色饭，吹着芦笙蹦蹦跳跳地赶过来。一看他身上的打扮，我乐坏了。

一身纯手工植物染色的苗布粗衣，独独腰上别了根扎眼的银链子，深色粗布鞋尤其接地气。这身打扮，脱去银腰带，真的可以直接下地干活了。还真是应了阿妈说的那句话："我们苗家人的财富，都穿在姑娘身上了。他们男人最厉害，知道女娃爱美，逢年过节给我们穿金戴银打扮得漂漂亮亮，平日里我们就乖乖地做牛做马、任劳任怨!"

院门前摆着三道拦门酒,每道都是酒碗摞得老高,着一身盛装的苗家阿妹边唱边将酒碗往迎亲的人马面前送。三兽两道拦门酒喝下,已是微醺模样,只顾着一个劲儿地傻乐。婚礼举办前夕,阿妈可是再三交代,喝拦门酒千万别用手接碗——不接碗,呡一口就行;接碗,就得整碗干掉。可这会儿的三兽,也不知是喝多了还是高兴坏了,关关都是双手捧碗喝得一干二净,急得我直跺脚。

我在屋子里被一头银饰扯得眼泪汪汪,一个劲儿地祈求,快一点儿,快点儿将我娶回家,也好让我卸了这一头银饰,轻轻松松地喝碗甜甜的苗家米酒。全然一副恨嫁女的可怜模样,从前期望的娇美动人早抛到十万八千里之外了。

终于等到三兽进家门,我拖着由数十片手工织绣的独立绣片和由上千颗银珠串起、拼就的长裙;穿着从袖口、肩头至胸前后背,满满当当,皆是寓意美好的刺绣纹样的重工绣衣;满是刺绣的前胸后背,还要缝上密密实实的银片,一个银片就是一个历史故事,懂行的老人家,捧着一件衣服都能讲上几天几夜。戴着由精巧美妙的银片、银丝镶嵌编制而成的凤冠,外加四枚纯银锻造、形状各异的手镯,三条造型别致的项链连着银锁,我就这么一身叮叮当当地冲出门迎他。

现在想来,若忘掉钻到头底的痛,穿上这身绣衣银装,脚踩精美的绣花鞋,小步子迈起来,叮叮当当,还真是美妙极了!

比起这身隆重华美的嫁衣,我们的苗族婚礼却显得简单而淳朴。

三兽进家门，牵起迈着小碎步的我，出门时撑着寓意驱邪避灾的红伞，带起欢腾的芦笙队，以及浩浩荡荡的盛装姐妹，一路步行，往三兽的苗族阿妈家走，这就算是接亲了。

两天前，苗家阿妈就再三交代，结婚那天进家门一定要先迈左脚，迈左脚能生男孩！就在迈脚的一瞬间，我还听到身后悄悄地提醒"左脚、左脚"。也许，这对老一辈人而言，就是最真挚的祝福了！

顶着华冠，穿着苗衣，在苗家阿爸阿妈的主持下，我们手忙脚乱地完成了极具家庭感的结婚仪式。

双方亲人们送上现金，抓起猪肉片和三色饭包成团，老人家们嘴巴里念着古老而韵味满满的祝福，喂给我这晕晕乎乎的苗家媳妇。三兽被众多苗家亲戚们依次喂了甜米酒，每一位长辈都在他耀眼的银腰带上系上红绳，密密麻麻的红绳缠上一圈，像极了翻版的草裙。

临到仪式结束，三兽看我已被衣服和头冠压得双眼充血，悄悄地躲开长辈们，戴着他那火红的"草裙"调皮地扭了段妩媚的草裙舞，才将我那即将夺眶而出的眼泪救了回去。自从遇上三兽，他总能用各式鬼主意将我从眼泪中救出来，破涕为笑。

我以为仪式结束便可以卸下嫁衣，重获"自由"，却没想到还有最重要的一关，以考验一个媳妇能不能干——跟着婆婆去挑水！

穿着几十斤重的盛装，踩着芦笙的节奏，挑起笨重的木水桶，迈着欢快的舞步去往水井边，由婆婆舀上水，稳稳当当地挑回家。寓意着，新娘从此成了这个家的主人，挑水做饭，更要当家做主。

作为一个不称职的苗家新娘，我最爱的却是和身着盛装的苗家姑娘们围着广场，伴着芦笙，欢快地踩鼓。节奏明快，舞步简单，在踩鼓的那个瞬间，听到身上的银器伴着晃动叮当作响，恍惚间以为，自己就是这台江小城土生土长的苗家姑娘。

长桌宴自是不能少的，朴实的老乡给我们敬酒、夹肉，用蹩脚的普通话说着诚意满满的吉祥祝福。那一刻，好想张开手臂抱抱这些热心肠的家人们。

比起苗家婚礼中新娘最为耀眼的隆重华美，我们参加的另一场婚礼，新娘却成了最不起眼的那一位。

在云南的大山中，我们换了四种交通工具，翻了三天的山，终于在层层叠叠的深山里找到了这座位于云南省西双版纳州勐海县西定乡的布朗族"千年古寨"——章郎古寨。

在寨子里待了十多天，租住在布朗族小伙岩拉家中，交齐生活费，一日三餐都围着火塘跟岩拉一大家子一起吃。土猪肉配上在屋后随手拔来的一把野菜，就是一份山中最家常但对我们而言却是绝色美味的大餐。

空下来就扛着相机，尾随寨子里的老人小孩，光着脚丫在村子里赶着小黑猪满山跑，和抽着长杆烟的婆婆靠肢体语言和面部表情侃一下午的大山，渐渐地，村子里的人真的把我们当成了自家人。

有一天傍晚，岩拉拿着红彤彤的请帖，开心地冲我们挥手："明天下午别乱跑！跟我去参加婚礼！"

"婚礼？谁家的婚礼，是布朗族姑娘的婚礼吗？"

"是的,明天村子里老乡结婚,咱们就去小操场吃饭!"

这个只有几十户人家的自然村,一人结婚,那可就是整个村子的大喜事,看他那开心的模样,如果不说,我还真以为是岩拉自家小妹的婚礼呢!

想来第二天要参加两位布朗族新人的婚礼,我兴奋地跑去向岩拉借了两身布朗族的传统服装,一大早就描眉画眼精心打扮,顺带着也将三兽扮成布朗族小伙。我俩你追我赶地在古寨村头撒欢儿,猜测着那位未曾谋面的布朗族新娘一定美极了。

傍晚时分,寻着热闹的喇叭声找到婚礼现场。一眼就看到岩拉冲我们挥手,我一个箭步冲过去,凑到岩拉身边,兴奋地问:"我们什么时候可以看到新娘子?"

"她就是!"岩拉侧身指着不远处往藤桌上摆餐具的姑娘,说道。

那是一位被繁重的农活压得脊背变形,微微佝偻着的年轻姑娘,穿着打了补丁的布朗族筒裙,上衣是多年前去镇子里赶集买回来的棉线衣服,半卷起的袖口早就磨花了边。她专注地摆放着用一次性纸碗盛着的喜宴菜肴,仿佛这婚礼只是一场大型家宴,而她的任务就是照顾所有人吃好喝好。

新郎的家在五六个山头之外,是一位帅气的布朗族小伙。羞涩黝黑的面孔,最家常的穿着,和新娘一样,淹没在热闹的人群中。新郎只是客客气气地与到场的长辈打招呼,眼神中透着略显尴尬的疏离感,终究,这是新娘家的村寨。

傍晚的婚宴也是无比随性。人来了,凑够一桌就开吃,一份菜吃完,自然有来帮忙的小姐妹送上满满一盒新菜,只要你不离桌,

布朗族

⊙ 拍摄地：云南省西双版纳州勐海县西定乡章郎村

岩拉说："十多年前，我们这儿穷的人都活不下去。
这些年茶叶值钱了，来的游客、茶商也多了，
我们这个一千多年的布朗族古寨，又活了过来。"

就能一直吃。这桌人吃好，结伴离席，给后来的村民腾地方。席间听说傍晚这场宴席只是婚礼的前奏，第二天上午才是真正的仪式，我失落的心又一下子提起了兴趣。

原本计划第二天一早就启程，早早收好背包，三兽连厕所都不敢久蹲，端着相机眼巴巴地守在新娘家门口。

"走，仪式要开始了。"岩拉示意我们跟着人群进屋。

赤着脚走进这个看上去比村子里任何一位老人都要年长许多的古屋，屋里人头攒动，里屋中央坐着数位年长的男性，面前摆满盆盆碗碗的水果糕点。只见新郎新娘面对着这些看上去肃穆威严的长者双膝跪下，俯首听着坐在中央的老人口中念念有词，新娘新郎身

后依次跪着他们的家人至亲。

"三兽,你看新娘的衣服。"我略带失落地跟三兽讲。

"怎么跟昨天穿的一模一样?"三兽也郁闷了。

谁知,新郎新娘这一跪就是近一个小时,老人口中念词不止,新人就不能起来。仪式的最后,新娘新郎给对方手腕系上一根绳子,这仪式就算是结束了。

我好奇地问岩拉,为什么要系绳子,岩拉挥挥自己手腕上磨得黑黝黝的绳子,说:"系上它,两个人就不会分开了,老了之后灵魂也会在一起。"

"能给我们也系一根吗?"三兽满脸诚意地望着岩拉,岩拉先是一愣,便无奈地摇摇头。

这场看上去无比随意的婚礼，因为两根绳子，在我们心里一下子肃穆起来。

而三兽这句不经意的请求，却成了我心里难以忘怀的"情话"——"多谢你，想要与我灵魂相伴终老。"

比起布朗族新娘简单到不能再简单的嫁衣，苗家姑娘的嫁衣可谓华丽十足。从前这一身行头，几乎是一个家庭大半的家产。儿子继承房产，女儿继承银衣，也成了百余年传下来的习俗。再往前推30年，一个村子也就只有那么一两户人家置办得起如此贵重的银衣。想来自己还真是好运，虽不是苗家姑娘，却有幸穿上这身地地道道的苗族盛装，心里是一万分的感激。

我本就没有酒量，苗族婚礼当天一定是出于开心，一小杯甜米酒下肚，第二天一口气睡到了中午太阳晒屁股。艰难地翻了个身，觉得全身仿佛被乱棍捶打过一般，痛得瘫在床上不能动弹。

三兽看我笨拙地挪动身体，在一旁坏笑起来："你们女生就是臭美，看吧！美都是要付出代价的！哪儿像我们男生，一块黑布披身上都是帅的！这叫帅到骨子里！"我抄起手边的枕头砸过去："让你笑话我！"

三兽一把抓住枕头，忽然换了个特认真的表情问我："昨天的苗家婚礼，喜欢不？"

"喜欢。"

"还想办其他民族的婚礼吗？"

"想。"

"走,明天咱们继续出发找衣服,办婚礼去!"

"好!"我重重地点点头,此刻全身的疼痛早已抛到了九霄云外。只想火速动身,前往广西,继续拍摄我们的民族结婚照。

第八章

沙漠穿越

CHAPTER 8

出青海进新疆，刚好赶上瓜甜果香的季节，甜蜜的香气填满笔直而好似没有尽头的漫漫长路。一脚油门近千公里，不过才穿过三四座村镇，我们也算是见识了什么叫"不到新疆不知中国之大"，而这句话的后半句"不到喀什不算到过新疆"，便促使我俩将下一个目的地直指喀什。

坐在库尔勒的公路边，倚着大包端起地图，用手机一公里一公里地核对着线路和里程，此刻，已是下午四点，紧赶慢赶，却还是没赶上去往喀什的车。

托着下巴，我眼巴巴地望着三兽，等他来做决定。毕竟，不走夜路是我们从出发就约定的旅行守则之一。

越过三兽的肩膀，看到一辆SUV冲我们驶来，一个急刹车，车里的两位先生招招手，示意我俩过去。没等三兽开口，我便抓起地图，带着满屁股的灰，一个箭步冲上去。

远远望去，车内坐着两个剃着光头、膀大腰圆的先生。坐在副驾驶位置的那位自称姓苏，目测身高一米八，被乌云罩着的脸上一条十厘米长的疤尤其吓人，面无表情地看了我一眼，不知是喜是厌，半倚在车窗边的手臂上方，有半个肩膀的文身，青龙白虎龇牙咧地很是吓人。开车的夏先生远远地望着我们，看上去不太友善的脸上赫然写着"生人勿近"。

夏先生看我小跑着停在车侧方，脸上的乌云消去，浮出笑意，这杀气十足的车厢才勉强多了几分友善。即便如此，我也只敢愣愣地站在车窗边，有点儿后悔独自冲了过来，但已是进退两难的境地，只能礼貌性地问好："你们好！"

"明天我俩去和田，如果你们也是这个方向，我们可以同路。"夏先生说。

"明天……"我犹豫了。我们原本计划的是今天出发，去喀什，拍维吾尔族结婚照。

要说维吾尔族几乎遍布整个新疆，特色也颇为丰富。但喀什的维吾尔族从民居建筑、生活风貌、传统手工艺、传统服饰到民族美食，在我眼里，才是最具民族风貌的地方，所以我们的维吾尔族结婚照，一定要到喀什拍！

如果跟着他们走，不仅要推迟出发日期，还要多绕500公里的路。在这片已是南疆以南的区域，500公里的路可没那么好走。

在我犹豫的间隙，三兽也凑了过来，夏先生看我们犹豫不定，抛出了一句诱惑力十足的话："我们要穿沙漠公路去和田，走吧，你们以后怕是没什么机会走那条路的！"

"好！"我和三兽几乎是异口同声地答应了。

鼎鼎有名的新疆塔克拉玛干沙漠公路（即塔里木沙漠公路），是目前世界上最长的贯穿流动沙漠的等级公路，也是中国最早的沙漠公路。这场近在眼前的沙漠穿越，令我们全然忘记了之前的顾虑和担忧，沙漠公路的诱惑力简直可以和一套民族服装相媲美了！

"那咱们留下联系方式，明早不见不散！"

先前还乌云遮面的苏先生一笑起来可爱了很多，眯着眼笑着和我们道别。

待两位先生走远，我问三兽："明天咱们跟着他们走沙漠公路，你觉得危险系数有多少?"

"你觉得呢?"三兽笑了笑,反问我。

"不超过两成。"我笃定地说。

"他们一定不是坏人。至少,不会对我们使坏。"有时,三兽的第六感比女生还厉害,这让我一度觉得他爷们儿的身体里住着一个心思细腻的姑娘。

在这段旅程刚开始没多久时,我们徒步在四川与甘肃交界处的一处荒凉的国道上。

虽说身上都背着近20公斤的背包,但天高地阔风景极好,边走边玩,也不觉得有多累。忽然,一辆破败不堪冒着黑烟的小货车一脚刹车停在我们身边。车里的司机师傅皮肤黝黑,瘦骨嶙峋的脸上,皱纹像刀割一样,触目惊心。深陷的眼眶里,眼睛浑浊不清。

"去哪儿……"司机师傅蹩脚的普通话夹杂着浓重的方言。

"大哥,您到哪儿?"出于本能的自我保护,不轻易向陌生人透露我们的目的地,也是我俩出发之前的约定。

"都是去前面,我带你们走一截。"司机师傅从满面皱纹中勉强挤出一丝笑意。

"师傅,不麻烦您了……"三兽边跟司机师傅聊天,边冲我一个劲儿地使眼色。瞬间,我明白了他的用意。

"师傅,看您这一路也挺辛苦的。您还没吃午饭吧,我们这还有点儿火腿肠和面包,您先来点儿……"说着,三兽就从胸前的背包中拿出我们的午饭,伸手将面包与火腿肠递给司机师傅,尽全力吸引司机师傅的注意,让他忽略我的存在。

司机师傅接过面包,盯着三兽胸前的背包,幽幽地说:"咦……你这里装的……都是钱吧……"

司机师傅这话一出,我悄悄按向紧急拨号键的手哆嗦了一下,瞬间冷汗浸满手掌。还好,三兽的电话响了!

"师傅,您真会说笑……咦,我朋友打电话来了,不好意思啊!"

三兽别过头,接通电话,说道:"哎,不是说不让你们来接嘛!怎么又来了……我们路上遇到一大哥,他说要带我们一程的。"提到大哥,三兽转身看看司机师傅,冲他礼貌性地笑了笑。

"位置啊,就是刚刚微信发你的定位……你还有三五分钟就到了啊……那行吧,我们在原地等你。"三兽挂完电话,一脸不好意思地说:"师傅,不好意思,耽误您这么久,我朋友已经在来的路上了,就不麻烦您了。"

"嗯……"司机师傅低沉地应了声,发动车子,扬起一路灰尘,消失在这条黄土满天的国道上。

看着天际线最后的黑点消失,我才想起挂断手里的电话。伸手去握三兽的手,却发现,他的掌心也被冷汗浸满。

"还好,我们有B方案!哎,你怎么就一下觉得这个司机不对劲呢?"司机师傅那句"这里装的……都是钱吧……"不停地在我的脑子里回荡,却想不明白为什么三兽会在他说这句话之前,就提示我准备B方案。

"我也不知道,他让我不舒服,也许,就是直觉吧!"三兽苦笑着,看得出,刚刚司机师傅那句话也着实将他吓得不轻。

从前我一直觉得自己是个直觉极准的人，自从这件事后，就对三兽的第六感刮目相看。走沙漠公路这事三兽都觉得有八分的安全，我也就放心大胆地跟着去了。

第二天一大早，我们便坐在电话中约定的地方，约定的时间一点一滴地过去了。

10分钟……

20分钟……

"三兽，要不咱们打电话问问，他们要是有事，咱们就不麻烦人家了，我们自己坐车走！"我试探着征求三兽的意见。

"再等等吧，答应别人的事情，我们不能说走就走的。"三兽依旧相信自己的直觉错不了。

话音刚落，夏先生的电话进来了："抱歉，我们的车坏了……昨天回去到现在一直在修，我开另一辆车来接你们，咱们只能中午出发了。"

"大哥，您客气了。没关系，你们先忙，我们不急。"知道事情的缘由，悬着的心落了地。

正午时分，终于等来苏先生，我们一行四人正式出发。心里却猛然想起来，硕大的背包里除了锅碗瓢盆和满是男子汉气概的衣裤，竟没有一件配得上沙漠落日的长裙，心里一下子凉了许多。

在绵延33万平方公里的塔克拉玛干沙漠中，倔强横行着四条堪称奇迹的公路。第一条是轮台至民丰沙漠公路，第二条是阿拉尔至和田沙漠公路。第三条斜线南部是且末至塔中，北部是阿拉尔至塔中。第四条是尉犁至且末。

从库尔勒至和田，全程1036.7公里。先走高速公路至阿拉尔，再从阿拉尔至和田，这穿越沙漠的400余公里的国道，就是我们此次要走的沙漠公路。

两位先生也许是被这车折腾了一天实在太累，出发之后车里除了隔着窗户漏进来的呼呼风声，再难有其他动静。从后排看过去，就连背影都透着疲倦感，要不是我们车技太差，真想替他们开上一会儿，让两位先生闭目养神，好好休息一会儿。

低矮的房屋往后退，漫天的黄沙扑面卷来。

"这就是沙漠公路？"既好奇又疑惑，忍不住打破车厢的安静，我轻声问道。

"嗯，从这里往和田走，就要穿过沙漠了。"夏先生从副驾驶座转过身，冲我笑了笑，答道。

原以为会是满眼黄沙的地方，却断断续续地长着成片的胡杨林。粗粗细细，横七竖八地仰卧在沙地上，似站似卧，伫立不倒。靠近公路的两侧，工工整整地用稻草打起方格子，固沙护路。

原本四平八稳开着的车忽然一脚刹车停下来。苏先生和夏先生几乎同时转身，面无表情地对我们说："你们下车吧。"

"下车？在这里下车？"我心里又惊又怕，在这荒凉的沙漠公路，车速飙到140迈，开了快两个小时，也没遇上几辆车。若我们真的被丢在这里，天黑前怎么可能走出这漫漫黄沙路。昼夜温差极大，晚上不冻死也会被不知名的野兽吃掉吧！

心里越想越害怕……

维吾尔族

⊙ 拍摄地：新疆维吾尔自治区喀什老城

维吾尔族欢快的麦西来甫乐舞，跳跃在浓绿的葡萄藤下。
此刻，艾德莱斯制成的花裙和手工刺绣的小花帽，
是我眼中装点这片绿荫最美的色彩。

第八章　沙漠穿越

苏先生见我们愣着不动,又说道:"不是没来过沙漠公路吗?给你们时间好好拍照,我们在车上等着。"

想来苏先生与夏先生该是严肃惯了的人吧,不轻易露出笑脸,一片好心却被我误解,心里惭愧得不知该如何应答。

三兽赶忙道谢,顺手抱起相机就往车外钻。"两位大哥要赶路,我们抓紧拍了回去!"听三兽这么说,我便知道他心里有谱,就安心跟他下车拍照。

此刻,长裙、沙漠美景统统被抛到了脑后,只想着赶快拍完,不要耽误两位先生赶路,要快,要快!站在最靠近公路的沙包头上,我俩随意地摆了两个姿势,连游客照都不够格,就连滚带爬地冲下沙坡,钻回车里。

"这么快?你们拍照了吗?"苏哥看我俩前脚才冲进沙漠,后脚就迈进车里,一脸疑惑地问我们。

"拍了拍了!苏哥,你们尽管赶路就好,不用太迁就我们的。"

1000多公里的路,怎么说也要走上十多个小时。两位大哥一路狂奔,赶路去和田。又往前走了半个多小时,苏大哥再次将车停在路边,说:"你们下车玩去吧,不然等会儿天黑了就不好拍了。"

夏先生说:"没事,你们去玩吧,我们也下来拍点儿照。"于是,我们就拖着大包,扛着相机,兴奋地冲向沙漠。

晒了一天太阳的沙子,细细暖暖,摸起来柔软极了。坡头的沙子被风吹动,如同水波泛出的涟漪。

坐在坡头看着红彤彤的太阳缓缓落下,我半倚在三兽肩头。忽然觉得，大概，这就是幸福吧——全心全意地相信一个人，将自己的生活、梦想和未来，义无反顾地交到他手中，然后手牵手，一起走走停停，看风景、过生活、去圆梦。

日落之后的沙漠一下子失去了暖意。空荡荡的公路上不见一丝灯光，早已伴随落日融进漆黑的沙漠中。看看时间，已经是凌晨一点。整个车厢都弥漫着困意，三兽怕夜路危险，嗜睡的他竟靠着意念将双眼睁得滚圆，可空洞的双眼里早已填满睡意。

"嘿！"伴着夏先生的急刹车，车厢里的人都被惊得睡意全无。

"嘿！这娃子疯了！"夏先生生气中带着担心，指着前方黑漆漆的夜路说道。

我更是心里一惊：这大半夜的，漆黑一片，难道是撞见鬼了？

努力眯起眼睛，定睛看了老半天，前方三米外一辆银白色的小轿车缓缓地前行着，在夜色中若隐若现，辨不清是真实还是幻觉。心里总觉得这小车哪里不对劲，但又说不出来，正疑惑着是哪里出了问题，却听到苏哥扑哧一声笑出来："牛，不开车灯，打着手机跑夜路啊！"

顿时我恍然大悟！眼前的夜泼了墨一样黑，银白色的小轿车早已隐身在夜色中，全凭着从副驾驶座上伸出的那只手里高举着的手机散发出的微弱光亮缓慢前行。

两车并行，夏先生摇下车窗问他们："兄弟，需要帮忙吗？"

借着我们车的灯光，才看清旁边的车子前排坐着两个二十岁出头的小伙子，后排坐着一位年长的维吾尔族大姐，身旁是个抱着孩子的维吾尔族姑娘。

"不用了不用了！"开车的小伙子连忙摆摆手，企图加速超过我们。

一脚油门，夏先生带着我们飞了出去。这凌晨的沙漠公路，没人在意你的车速，大家只想在长途跋涉之后，早一秒进入被窝睡觉。

抵达和田已是凌晨两点。"跟我们住一家酒店吧！太晚了，去别处我们也不放心。"夏先生说着，随手拎起我俩的一个背包，示意前台开两个房间。我们拿出钱包要付房费，却被苏先生手臂一挡，动弹不得。

第二天一早，两位先生早早地叫我们起床。"走，我俩进山看矿，再送你们一程。"经过昨天的相处，我俩对两位先生已是百分百的信任，拎起背包，睡眼蒙眬地就跟着他们上车了。

"也不知昨晚遇上的那辆小车，安全到家了没？"穿行在和田市中心的公路上，夏先生仿佛问自己一样，说了一句。看着周遭马路上穿行的大小车辆，我也期望能偶遇昨晚那辆奇特的汽车，希望能看到他们都好好的。

夏先生这一送，又是几十公里路。眼看着我们就要分道了，苏先生忽然指着不远处挂着新Q牌照的车，对夏先生说："追他，这车估计是去喀什的！"话音未落，夏先生的油门就已踩到底。新Q牌照的车主也是格外可爱，似乎感觉身后有车追逐，忽然加速，两辆就这么在南疆公路上演追逐大戏。

"嗨，兄弟，你跑什么啊？"夏先生满头是汗地下车，半倚在新Q牌照的车身上，满脸疑惑。

"你没事追我干吗啊？你追我我能不跑吗？"新 Q 牌照车的司机是位 20 多岁的帅小伙，见追自己的车上下来两位威武的大哥，更是一脸苦笑。

夏先生讲明缘由，拜托他带我们去喀什。"我还正发愁自己开车无聊呢，刚好带上你们解闷，走吧！"那位新 Q 牌照的兄弟听后欣然接受。

和两位大哥道别后没多一会儿，微信便弹出了夏先生微信转账 1000 元的信息，但这钱，我俩是万万不肯更是不能收的，跟夏先生一来二去推了几次，他才肯松口："钱收不收就由你们吧！你们这弟弟妹妹我认定了，来新疆，记得你们还有俩大哥！"

看上去粗枝大叶的两位大哥，吼起人来厉声厉色，但那些在不经意间流露出的小细节却让人感到无比暖心。

中午吃拌面的时候，夏先生跟维吾尔族老板开玩笑说："给便宜点儿呗！"老板犹豫一会儿，说："可以撒。"结账时夏先生哈哈一笑，说："跟你开玩笑的，零钱就不用找了。"

在和田吃早餐，夏先生、苏先生自来熟的跟早餐店老板聊天，老板开心，送了夏先生一张牛肉馅饼，买单的时候，夏先生坚持让服务员将牛肉馅饼一并算到账上。

默默观察身边这些细枝末节的小事，总能看到别人不经意的举动。

真诚的善意是伪装不出来的，而极力想掩饰的恶意也是包不住的。夏先生和苏先生这两个"莽汉"，真是藏了温柔心。

◆ 第九章 ◆

穷途盛宴

CHAPTER 9

川渝美食是极具侵占力的。

祖籍山东的三兽和老家河南的我仅仅到重庆念了个大学,就被川菜、火锅成功俘获。想到即将启程,奔赴祖国大江南北,对味道不挑剔却万万离不开辣的两个异乡人,一定是要背上火锅底料带上辣椒粉才能走得出家门的。至此,一个便携式电炉、一套户外锅、一整盒火锅底料被三兽毫不犹豫地塞进背包,美其言:"这是盛宴!"

旅行大半,行至四川、甘肃交界处的郎木寺。要说这郎木寺,实际上是一个地名。在郎木寺沟里有两座隔河相望的寺庙:一座是四川的达仓郎木格尔底寺,另一座是甘肃的赛赤寺。

不知是赶上小长假还是这里本就物资匮乏,各家餐厅价格皆贵得离奇,我索性拉着三兽把县城里零星的几家蔬果商店扫荡了个遍。

这家选几把新鲜蔬菜,那家称几个冻鱼丸,豆干、腐竹、木耳、苕粉,凡是能洗洗涮涮直接下锅煮的,我们都没放过。三兽在一旁也没闲着,称一捧大米,兜三五两红豆绿豆。最后一盘算,这两袋子美味,有米有肉,有菜有水果的才八十多块钱,不禁得意起来。

"走!开火去,这三天,咱们就喝粥吃火锅了,难得大餐!"三兽扛起购物袋,拉上我就往回走。

三兽在一旁焖米洗菜,我这头已经热上锅,准备开始熬制配方独特的火锅汤底。熬制的火锅汤底把整个重庆的辛辣浓香都带到了郎木寺,旁边一对看书的金发碧眼的小夫妻早就看得口水直流了。三兽假装无视周围眼神,气定神闲地将菜呀肉呀一股脑地倒进锅里,还不忘大声说着:"Good, good, very good!"

第九章 穷途盛宴

被他这么一诱惑,这对外国小夫妻更坐不住了,原本就滚圆的眼睛直勾勾盯着我们的火锅,仿佛要用眼神吞掉一整口锅。我心里一惊,撸起袖子,站在锅边,做好了随时护锅的准备。

三兽举起筷子,眉毛飞舞,贼贼地看着他们,做出邀请的姿态,邀他们与我俩一起吃火锅。这俩小夫妻学着中国人的模样,客气地摆摆手。哎,这外国人呀,终究是外国人,中国人面上的谦虚礼让还真不是一天两天就能随随便便学得来的。还没等三兽反应过来,这夫妻俩就欢快地入座了。

趁着一顿火锅的热闹,我们和土耳其小伙伯克与加拿大姑娘安尼塔的中式大餐就这么开始了。我担心没有带刀叉出门,不知这对小夫妻如何下手时,他们竟有模有样地拿起筷子,不管是裹满辣椒油的蔬菜,还是各类速冻丸子,小两口都毫无顾忌地往嘴里塞,看他们辣得鼻涕眼泪横飞,安尼塔不忘用蹩脚的中文说出:"中国菜,好吃!"我跟三兽被他俩逗得哈哈大笑,完全忘了吃饭。

待他们夫妻俩拍着滚圆的肚子摆出一副"天哪!这菜太好吃了"的表情时,我们回头一看,只剩一脸干笑。原本采购了两天的食物,一顿饭就扫荡得一干二净!不过看在大家都开心的份上,三兽冲我摆摆手说:"不怕不怕,明天咱们喝粥!"

深秋的郎木寺,阳光正好,最适合睡到自然醒。临近中午,我俩才睡眼蒙眬地端着锅去大厅,准备煲粥吃早午餐。不巧,我和伯克撞了个满怀。一抬头,看他比骆驼还长的睫毛忽闪忽闪着,一脸开心地看着我,我忍不住抱紧了怀里的锅。

"请让你这位帅气的子民放过我们的粥吧!"我在心里暗自祈祷。实在不是我小气,而是这口小锅煲出来的粥只够两人份,若是煮火锅,边吃边加菜,一定还会请这对可爱的小夫妻来的。

谁知他变魔术一样从身后拎出两大袋菜,在我眼前晃了晃,用蹩脚的中文一脸兴奋地说:"火锅!"

"啊!你口味好重!"我脱口而出。昨晚的火锅还没消化,这小两口一大早就买好了菜准备吃火锅,遇上这样的外国人,真想把他空运回重庆,带他感受火锅的真正魅力。

三兽下楼看到说好的白粥熬成一锅热辣刺激的火锅浓汤,拍着伯克的肩膀说:"你上辈子是重庆人吧!"说得自己都乐了。

经安妮塔和伯克昨晚那么目不转睛地注目,中午的火锅大餐他俩便能够亲自动手了。每拿起一种食材,伯克就特认真地盯着我,用小学生一样的天真眼神,希望我能马上告诉他这莫名其妙的东西到底叫什么名字。

"魔芋。"

"茗粉。"

"土豆粉。"

"豆皮。"

"金针菇。"

"火腿肠。"

"粉丝。"

"豆干。"

……

一路讲下来，真比做一大桌菜还累。我实在不懂得如何向他们解释这些日常家伙的前生后世。安妮塔更可爱，让她去洗菜，却总会忍不住拿起其中一小块生食往嘴巴里塞，美其名曰是要尝尝它最原始的味道。看到这一幕，我的眼睛再也没离开过她，实在是好奇，如果生吞一口小米辣，这姑娘的嘴巴会变成什么样子。

两对小夫妻围着咕嘟咕嘟的火锅，开始了一场中英文混合手舞足蹈的侃大山。

安妮塔与伯克的相识，从土耳其满山的热气球开始。两个同样热爱旅行的人，相爱在伯克的家乡土耳其，赴安妮塔的家乡加拿大举办婚礼，却跑到中国开始为期半年的搭车旅行，这就是他们的蜜月。

他们从新疆进入中国，关于中国的美好记忆统统停留在了吃上。喀什的馕坑烤肉、乌鲁木齐的哈密瓜，还有太多他们连名字都叫不来的美味。不过，他们懂得拿出手机，边翻照片边竖起大拇指，啧啧称赞。

这口被我们背着行走四方的小锅，它装过全国各地的迥然不同的食材，也算是见过世面的。

路过位于东兴市江平镇的"京族三岛"（分别是万尾、山心、巫头三个海岛）之一的万尾京岛，原本只是想去看看这个靠海而生的民族是如何生活的，却没想到意外赶上了当地京族岛民和游客们一起出海拉大网。

天微微亮，海岸线上就出现了二三十位穿着背带胶裤忙碌起来

爱在颠沛流离，不忘最初心意

京族

⊙ 拍摄地：广西壮族自治区东兴市万尾京岛

作为中国唯一一个"海洋"民族，
拉大网、捕海鲜、出海捕鱼才是生活的日常。
哈节，是这个海浪里的民族最具特色的节日。

第九章 穷途盛宴　　133

的大姐。她们戴着葵笠，手绢遮面，与身边老姐妹们嬉笑打闹着，将数千米长的大网一起用力，往岸边的船上抬。

拉大网的整个过程看上去仿佛是一群成年人的游戏，人人都能参与其中。三兽最爱这种集体活动，收起手上的相机，挽起裤腿脱掉外套，全然一副当地帅小伙的肤色，雪白的工字背心衬得三兽尤其黝黑精壮。

"海水凉，你在岸上老老实实看衣服，我玩去了！"说完，将脱下来的外套裹着相机一把塞进我的怀中，丢我自己傻站在岸边，看他们嬉笑打闹，心里更是一百个不服气。

伴着缓缓升起的太阳，从拉网到收网，整个海岸线上都散落着银铃般的笑声，看着越聚越小的网上，海鱼、虾蟹、海蜇在中间翻腾着，大家一下子兴奋了，拎着桶提着筐就往里面冲。

我俩本打算只做围观群众，只在旁边看看这番热闹景象就好，却没想到身边戴葵笠的大姐捡起三五个生蚝就往三兽手里塞。

我看着三兽一脸坏笑道："耶，长得好看嘴巴甜就是好呀！你看大姐多疼你！"

大姐还没等我话说完，又兜了小半兜海鱼送给我。这下我可就不好意思了。

"呀！某些人不劳动都有的吃，也不嫌害羞！"三兽更是火上浇油地煽动起来。

"我们京族拉大网，都是见者有份的，收好姑娘，别听他的！"大姐变魔术般从葵笠下面拿出一个塑料口袋，将活蹦乱跳的海鱼螃蟹一并打包送给我们。

怀里抱着灌满海风的海鲜，心里早就开始盘算着，中午的大餐该从何下手。

"我们再去菜市场买点儿配菜，今天就吃海鲜大餐，如何？"三兽嘴里裹着满满当当的口水，说起话来都口齿不清了。

"好啊！还能再多买点儿其他海鲜吗？"我准备趁三兽食欲大好，申请一笔巨款前来购置海鲜食材，企图好好地解解馋。

"行，钱包不就在你那儿吗？想买什么，随便买！"果然，在水边长大的三兽，还是最痴迷鱼蟹海鲜。

我俩去过的菜市场和到过的村庄城镇一样多，自然也是将菜市场当旅游景点般，逛得津津有味。

在大海边逛菜市场，要避开那些玻璃格子打得漂漂亮亮的固定摊贩，他们的海鲜多是从水产批发市场上的货，买这些海产的客人多是来自五湖四海的游客。三兽在遍布漂亮格子的摊位间逛了两圈，一眼望见在不远处的角落里，有三位村民正拎着两个大水桶往石板上倒东西，瞬间双眼冒着光，拉起我就往前冲。

"老板，生蚝多少钱？"三兽抓起石板上的生蚝，问道。

"一块钱一个，随便选。"穿着雨靴的岛民头也不抬地说。

"这些我们都要了,二十块钱好吗?"我扯下一个塑料口袋,将三兽选出来的海鲜一股脑倒进去。

岛民大哥扒拉着口袋里的海鲜,十个生蚝,两只螃蟹,两条外形奇特的海鱼……"这个给你,一共二十五块钱。"

"行!"没想到岛民大哥塞给我们两颗巨大的生蚝后,只收了二十五元。我俩兴奋地紧紧抱着海鲜,将二十五元零钱塞进大哥手里,头也不回地往住处跑。总担心岛民大哥反悔,追上我们,退了钱又将海鲜要回去。

房东大姐看我们气喘吁吁地跑回来,打量着我俩挂在身上大包小包的食材,饶有兴致地说:"你们小两口还挺聪明,知道自己买海鲜回来让我帮你们煮。家里可以免费煮饭啦,不像村头的小餐馆,随便煮一下就要好几十。"

三兽跟我相视一笑,说道:"大姐,我们自己有锅,就不麻烦您了。"

当我们端出口径只有二十几厘米大的小锅时,房东大姐乐坏了:"你们这是准备一次煮一只生蚝吗?"

说着,大姐拿着一袋子生蚝就自顾自地上楼了。

还没等我们的海鱼火锅煮好,大姐就端着半盆生蚝和两碗酱料下来了。清水煮的生蚝蘸上酸辣的酱料,几乎淹没在生蚝鲜美中的微弱生姜味将海腥味掩盖得一干二净,鲜嫩味美,软糯多汁。

我们邀大姐一起分享这大半盆的生蚝,大姐摆摆手:"从小吃到大,都吃腻了。你们吃。"三兽一口吞下大半个生蚝,眼里却是止不住的羡慕。

除了羡慕生在海边的京族房东大姐,我们还羡慕把家安在一座叫澜沧的奇幻县城的人们。

澜沧属于中国唯一一个拉祜族自治县,距离缅甸一步之遥,藏在层层叠叠的深山中,散发着生机勃勃的原始魅力。我们误打误撞地走进澜沧街头一家酒店,打算放下行李在这座郁郁葱葱的小县城好好逛逛。

酒店门前是一条宽阔的四车道大马路。在县城溜达了一整天,心里还在好奇,相比于其他新扩建的马路,唯独酒店门前的这条一公里多长的马路没有车道分离护栏,不禁疑惑:难道这是一条新修的路,还没来得及摆上护栏吗?

第二天一早,我拖着睡眼蒙眬的三兽去吃早餐。推开酒店大门,我俩呆呆地站在门口,足足有一分钟。

拉祜族

⊙ 拍摄地：云南省普洱市澜沧拉祜族自治县勐朗村

人从哪里来？拉祜族创世史诗《牡帕密帕》中说，拉祜族的始祖扎笛（男）和娜笛（女）经历了九九八十一难从葫芦中诞生。

"这是哪儿？"

"门前的路呢？"

"这些人是来干吗的？"

前一天还车水马龙的四车道，今天却像被施了魔法般成了人头攒动的市集。从马路尽头往另一头望，黑压压的人群将这条足足一公里长的大马路挤得满满当当。"三兽，等我！"甩开三兽的手，我转身就往酒店冲。

"小姬，你干吗去？"

"去拿购物袋！要拿两个！"也不知三兽是否能听到我的话，只顾着往前冲，就怕回来晚了，这爱丽丝仙境般的市集会一下子消失不见。

后来跟酒店老板打听才知道，这市集上摆摊的多是当地的村民，他们散居在县城周围的山野中，每逢星期天，就会带上家里养的、山上采的、大自然恩赐的各种美食佳肴来赶集。

"三兽，这鸡蛋好可爱，快把它拍下来！"地上颇具拉祜族特色的布袋中，垫上满满当当的稻草，在稻草最中央窝着五六颗小小的土鸡蛋，这原始又格外用心的摆放，看上去有趣极了。

正值甘蔗收获的季节，一大捆甘蔗只要十多块钱，我们恨自己牙口不好，不然一定扛他两捆甘蔗回酒店。满眼看过去，多是小小的摊位不多的商品，它们不约而同地，都被整齐地摆放着。无论是三两颗土豆，还是成筐的苹果、梨子，都被整整齐齐地码放在鲜嫩翠绿的芭蕉叶上。生姜、大蒜要带着叶子秆子捆成大小一致的菜骨朵，垫上芭蕉叶，才好摆出来见人。山上野生的菌菇最是珍贵，就地铺上芭蕉叶，还得各自分类安放在竹编的小筐里。还有很多叫不上名字却又稀奇古怪的东西。但它们无一例外的，都被码得整整齐齐，用绿叶衬托着。商品的主人们满意地坐下来，欣赏着自己精美的作品。仿佛这不是一个热闹的市集，而是源自山野派的摆盘大赛。

看着这个喜欢，那个也爱，甭管叫什么名字，三兽和我眼睛、手、嘴巴都没闲着，能吃吃能问问，生生在这条一公里长的集市上解决了早餐、午餐，顺便还采购了不少晚餐食材，才恋恋不舍地回去了。

三兽边整理着相机拍下的素材，边兴奋地说："哎呀，这个我们还没尝！"

"明天咱们去试试这个……你看，这个看上去好好吃！"

光听三兽的号叫，我的口水就不断地外涌，忍不住拿出纸和笔，开始列第二天的采购清单。

第二天，我们特意起了个大早，为了能多吃点儿好吃的，我俩连水都没舍得喝，就怕不大的胃被其他苍白的味道霸占了。

站在酒店门口，我们再次傻眼了！

昨天人头攒动的集市消失得了无痕迹，从前的四车道大马路又变成了原来的模样。如果不是三兽的相机记录下昨天的场景，我一定以为自己做了一个看上去很好吃的美梦。

细细想来，我们那些穷途末路上开火做饭的每一餐，不都是美味的好梦一场吗？

第十章

囧途

CHAPTER 10

从前看电影，总觉得编剧个个都是天才，怎么能将那么多巧合凑成如此有趣的故事？然而，当我们真的一步一个脚印走遍大半个中国后，那些险些成为事故的故事，穿插出的巧合可比编剧们的剧本厉害得多。

　　大理到丽江的路，极适合边走边玩，白族、纳西族的老屋在绿油油的地与湛蓝的天之间，被白得发甜的云朵拂过屋檐，这一段，是送给眼睛的礼物。就这么边走边玩，在距离丽江60多公里的乡间小道上，我们偶遇了一辆奇特的小车和三个特别的人。

　　"嘿，你们去哪儿？"胖头胖脑的司机小哥露出八颗大白牙，探出头来冲我们打招呼。

　　"我们去丽江——"谁都拦不住三兽的好心情，就连说话的口气都变得异常愉快。

　　"走，一起！"这位李姓先生，邀我们同行。

　　"好！"我俩不客气，异口同声地回答。

　　李先生帮忙将我俩的背包放入后备厢，我俩钻进后排，只见后排还坐着一位脸色略显苍白的姑娘，我们向她打招呼。"她是我老婆，叫乖乖，我们蜜月旅行。"李先生看着乖乖，眼睛里灌满蜜意。

　　"蜜月旅行？那副驾这位？"我看着先前孤零零坐在后排的乖乖，再看看副驾那位安静的帅气先生，满心疑惑。

　　"我兄弟，从小到大的好兄弟！他是空少。"李先生拍着帅气先生的肩膀，乐开了花。

　　"谁是你兄弟，真是脑袋进了水，跟你来云南玩！"空少先生一张口，形象轰然崩塌。眉眼纷飞手舞足蹈，从面部肌肉到言谈举止，全然一颗相声界冉冉升起的新星。我们和乖乖三人就这么被完全遗忘在后排,李先生和空少先生一捧一逗地互掐20分钟,直到我们被他俩逗得笑出声来,两人才不好意思地回头:"啊!光顾着吵架了,把你们忘了!抱歉。"

"你们这关系得多铁,才能掐架20分钟都不动手也不动气?"遇到这样的好兄弟,我们也是长了见识。

"我都习惯了!"也许是笑得太开心,乖乖苍白的脸色红润起来,耸着肩膀摇摇头,开心地说。

"你们是……旅行结婚?"空少先生回过头,当他不说话时,英朗的五官还挺好看。

"嗯,旅行结婚,去找56个民族的传统服装拍结婚照。"三兽递上感谢卡,笑着回答。

"哇!酷!那你们应该遇到过很多特别的人吧?"空少先生的八卦心被打开了。

"不知道,我们能不能成为让你们印象深刻的人?"李先生乐呵呵地说。

"想印象深刻还不简单!路上爆个胎,坏个车……"还没等我们开口,空少先生抢着说。

"再在高速夜宿一宿……"李先生也起了劲儿。这对来自山东的好兄弟,瞬间开始了新一轮的相声表演。

后排安静坐着的乖乖姑娘悠悠地说了句:"我是陪他们来度蜜月的。"

乖乖话音还没落,就听到李先生诧异道:"车咋熄火了?"说着赶快把车往紧急车道靠。

发动机冒着白烟，空少推开车门，一个箭步冲到后备厢，拿起灭火器就往车前方喷。

李先生一把拦下，"你傻呀！这是水箱水开了冒的气，空难看多了吧？"

三兽叫上我，迅速下车，将警示牌立在距离车尾 30 米的位置，又将背包套上贴有反光带的防雨罩，与警示牌一字排开，立在应急车道上。而就在云雾缭绕的发动机边，两位"山野派相声弟子"又开始了新一轮的专场表演。

"乌鸦嘴！让你乱说，满意了吧！"

"嘿！这下印象多深刻！"

"乱说怎么了，这多牛啊！"

"也是，要跟大伙一样，看同样的景，买一样的东西，回去还吹什么牛？"

"这多好，够下酒好几年了！"

"就你会嘚瑟，等会儿车冷了发动不了，就真成了人在囧途了！"

事实证明，乌鸦嘴还真是灵验。我们从下午四点钟起，轮流给车灌冷水，折腾到夕阳西下，车冷了，依旧发动不了。

两位先生一高一矮，一胖一瘦，一边在距离丽江 30 公里的高速路边斗着嘴，一边气定神闲地给租车公司打电话。五六通电话过去，租车公司的大哥竟然把最初的"车子自动熄火，发动不了"，转述成"车已经没电了，双闪灯都熄了"，又被修车公司说成"因为电瓶没电，车辆熄火"，想想也是又气又想笑。

眼看着天色暗下来,车里的电瓶早已没了电,高速公路上呼啸而过的车灯仿佛一把把冰冷的利剑,划破暗夜,刺得我心里发慌。从前看过的高速公路上的车祸画面一遍一遍在脑海中闪过。纵使我们早已下车在高速路外的缓坡等待修车师傅,可脑海中还是止不住地一遍遍闪过高速公路撞车、追尾的画面。10月的云南,傍晚凉意已浓,一行五人,穿着短袖在高速公路边的荒山野岭瑟瑟发抖,各个冻得连笑容都僵硬了。

"我们有睡袋!"我望着不远处的登山包,忽然兴奋地跳起来。"三兽,走,去给他们拿睡袋!"

快步跑到背包处,我们将背包拖至高速路边,翻出包里所有能御寒的衣物:两件长袖冲锋衣,两条抓绒睡袋,一件帽衫。凑合一下,足够五个人御寒了。

就这样,我们一行五人,裹着睡袋,披着冲锋衣,凑成一团,听着两位先生别有趣味的相声表演,硬生生又等了三个小时,才等来修车师傅。

师傅利落地换上电瓶,汽车发动,车子依旧纹丝不动。师傅摆摆手,冲助手说了句:"叫拖车吧!"

于是,我们五个人,带上两位穿着拖鞋工装的修理师傅,淡定地坐在看得清银河的高速路边,看着星星唠着嗑,被李先生和空少先生的斗嘴笑翻了好几次。那28公里之外的丽江,一下子变得没那么重要了。而两位神奇的预言兄弟又开始了他们新一轮的表演。

"当时坏了我就知道,不到12点,绝对到不了丽江。"

"打电话那会儿我就知道,修车师傅来也白来,还得要拖车!"

纳西族

⊙ 拍摄地：云南省丽江市大研古镇

身穿"肩担日月，背负星星"的羊皮披肩，
"披星戴月"的纳西族女人们，
是丽江古城一道亮丽的风景。

哥俩完全不像抱怨，倒像是在论证自己的猜测。

说完了，还不忘不约而同地扭头望着我俩，来了句："这样够让你们印象深刻的吧？"

我看着他们贼贼的坏笑，差点儿没笑翻到沟里，"兄弟，你们太拼了！"

到达丽江已是夜里零点，行李一放，一行五人竟没有半点儿疲惫，跑到客栈旁的小酒馆，点了一桌子当地美味，一撂"风花雪月"啤酒，仿佛一群久别重逢的老友，恨不得彻夜畅饮，不眠不休，以感谢这段被乌鸦嘴赐予的特别缘分。

"要不是车坏在半路，咱们到丽江可能就分道扬镳了，这多好，一路的故事，够回去乐好些年了！"新婚的李先生乐呵呵地笑着，仰头就是一口酒下肚。

"就是就是，这事，够记一辈子！"帅气的空少两口酒下肚，通红的脸配上懵懂的眼神，伪装成无辜少年。

"你们还有比今天更囧的事吗？来，讲一讲让我们开心一下。"李先生红着脸，摆出一副乖乖听故事的姿态。

"就是就是，光听我俩说了，还没怎么听你们讲路上的故事呢！"一听有故事，空少先生拿起一瓶"风花雪月"放在三兽面前，一副"酒已备好，坐等故事"的神情，甚是有趣。

"那，就跟你们讲一个恐怖故事吧！"三兽一脸坏笑，借着酒劲儿，话匣子也被打开了。

"这得从我们出发两个多月，从四川一路北上抵达内蒙古讲起……"

12月的内蒙古，被厚厚的积雪裹得严严实实，再黑的夜，也能看到白月光。在这个冷到骨髓里的季节，我们赶往阿里河镇，寻找鄂伦春族。鄂伦春族是我国东北部地区人口最少的少数民族之一，身为狩猎民族，从前都居住在大兴安岭山林地带。狍子皮的大衣和独具特色的狍甲帽是鄂伦春族最具代表性的民族盛装。

阿里河镇不大，是内蒙古自治区鄂伦春自治旗政府所在地。从火车站到热闹的街区，步行十分钟足以。冬季的阿里河镇，售卖冰激凌的商贩将冰激凌像卖菜一样，分门别类地在街头露天摆放着，也不会融化。小小的镇子给我们自在的心安，我俩便在一间小旅馆住下。

前两个夜晚，在热得令人汗流浃背的暖气中度过。

第三天凌晨三点多，单薄的房门外是沉闷的男低音："开门！"

三兽一惊，从睡袋中坐起来，光着膀子小心翼翼地将身体往门口探："谁？"

"开门！"不容反驳的口气中，我们听到了门外钥匙转动的声音。我俩屏住呼吸，不敢动弹半下。钥匙插进门锁里的声音，在那个深夜异常刺耳恐怖，我被吓得紧紧缩在睡袋里，趁着窗外透进来的月光，紧紧咬着嘴唇，眼巴巴地望着三兽。三兽壮胆似的吼道："谁！你们是谁！不说我报警了！"可我明明听得出，他连呼吸都带着颤抖。

"有事，你们开下门吧！"竟然是白天还和我们有说有笑的宾馆老板，此刻竟带着颤音，在门外哀求着。

三兽看了看缩在睡袋里的我，叮嘱道："躲在睡袋里，别出来！"说着从自己的睡袋中钻出，蹑手蹑脚地拨开门锁。"啪"的一声，

哈尼族

⊙ 拍摄地：云南省西双版纳州勐海县帕沙寨

哈尼族被称为"雕塑群山的子民"，
他们于大地长天之间、崇山峻岭之中勾画线条，
他们在群山中雕塑的梯田，蔚为壮观，堪称世界奇迹。

门锁开了，我从睡袋的缝隙中，看到一群黑影蜂拥而入，光溜溜的三兽显得异常显眼。还没来得及反应，三兽已经被两个黑衣人反手扣在床上，就在他被按下前的一瞬间，一块巨大的毯子从三兽手中飞过来，盖在我的睡袋上。

"有什么冲我来，别动她！"被按在床上的三兽，艰难地说出这句颇具英雄色彩的话。那一瞬间，我竟然被抛来的毯子和这句话感动得忘了身处险境。

房间的灯被打开，黑衣人胸前的警徽映入眼帘。

"我们是好人，你们怕是误会了……"我微微探出头来，低声说。

"我们有结婚证的。"三兽赶忙补充道。

"闭嘴！"反扣着三兽的警察厉声说。

"我给你看我们的结婚证。"三兽试探性地想挪动身体，去拿结婚证。

"别动！"警察黑着脸，吼道。

不知过了多久，只听见宾馆里的脚步声忽然匆忙起来，另一位"黑衣人"进门悄声跟屋内的警察说了声什么，就匆匆出去了。三兽终于被松开，能够起身坐在床边。

他赶忙拿出手机，边翻相册边跟警察解释："这是我们的结婚照，这是在四川拍的嘉荣藏族……这是在内蒙古拍的蒙古族……我们来阿里河，是来找鄂伦春族的……"一直黑着脸的警察假装不感兴趣地瞄着我们的结婚照，眼睛却不自觉地在屏幕上停留的时间越来越长，黑着的脸也渐渐平和下来。

"好了，你们早点儿休息吧！打扰。"接到统一命令的警察先生，跟着队友一起消失在夜色中,这一夜,仿佛惊魂梦一场。

第二天下午从博物馆回来,在酒店前台看到两位穿制服的警察,吓得我直往三兽身后躲。

"昨晚实在抱歉,打扰你们休息了!怎么样,衣服找到了吗?"昨晚黑脸的警察先生此刻变身一位热心的大男孩,一身警服映得笑脸上满是暖心的帅气。

"没事,你们最辛苦,一夜没睡吧!"三兽问道,他一定也看到了对方布满红血丝的双眼。

"没事,职责所在。"和昨晚一样,他的回答干净利落。

后来,从阿里河镇的朋友口中得知,那一晚,是这个小镇建旗六十年以来,格外不寻常的一夜。

傍晚十点钟,平静的小镇被玻璃破碎的刺耳响声惊醒,110连续接到三起报警,多位居民停在自家小区的车窗被砸碎,车内物品被匪徒洗劫一空。这个报警在这个平静的小镇显得异常严重,算是建旗六十年来,一起罕见的恶性案件。镇上的警察们接到统一指示,全体出动,摸排逮捕可疑嫌犯,才有了我们所遇见的这个有惊无险的深夜惊魂梦。

"那天晚上,我真的被吓到了!第一次知道什么叫孤立无援!"三兽夹了口饵块,满心后怕。

"这次还好是遇上了你们,不然我们仨也得孤立无援了!"李先生举起酒杯。

"来,得敬下咱们的乌鸦嘴!"一桌人在"风花雪月"中喝得醉眼迷离。

感谢我们都有这份好运,不管旅途中有多少险阻,都有勇敢又可爱的旅伴陪伴身边。比那些风景更可贵的,终究是身边那个陪我们看风景的人。

◆ 第十一章 ◆

假面新娘

CHAPTER 11

穿越大半个中国，我们的"婚礼"已进行了大半。原本以为抵达少数民族分布极为密集的云南，我们可能要以每天一套结婚照的拍摄速度飞快地完成剩余这十多个民族的拍摄了。

万万没想到，这大山叠着大山的云南，直线距离极短的两个村子，真的走下来，不知要翻越几座大山。别说拍摄了，就是上山下山地寻找各个民族的原始村落，也常常要换上两三种交通工具才能到达。

独居在国界尽头的独龙族，仅有数千人，被高黎贡山和担当力卡山夹在中间，从前出门要靠"飞"，一年有大半年被大雪封闭在峡谷中。这里就是独龙族唯一的自治县——云南省怒江傈僳族自治州贡山独龙族怒族自治县。

从独龙族唯一的自治县一路找到独龙江乡，五天的寻找，每一步都艰难而迷茫。比起被拒绝，无头苍蝇一样的乱撞才最可气。

翻山越岭，徒步搭车，抵达传说中的独龙族故乡——独龙江乡时，已是中午，这些天积累的不开心都攒在心里，晒得黝黑的三兽，额头攒出沟壑纵横的川字纹，只顾低头走路。从前徒步都会唱歌跳舞、聊天斗嘴的两个人，早已被这乌云心情蔓延了十万八千里。

"吃饭吗？"路旁的饭馆飘出诱人的香味，我这人自我治愈的本事就在于，心情越糟糕，胃口越好，总有些郁闷时刻，靠着一腔好胃口救活了自己的坏心情。

"不饿！"三兽不同，心情糟了，茶不思饭不想，全然一副立地成佛的决绝心。

第十一章 假面新娘

"走啦！吃饱饭，说不定衣服就找到了！"看不得三兽变"三瘦"，我凭一身蛮力将他拖进饭馆。

比起我俩安静冷清的午餐，隔壁的客人可谓热闹非凡！七八位先生女士举杯邀酒，三言两语间都是敬意。

"这个工作不好做，李队长，接下来还需你多多配合！"女士酒杯轻起，点头微笑。

"王主任，这话就见外了，都是应该的！"满脸通红的先生前倾碰杯，酒杯很自然地落在女士的杯底边缘，送上一个礼貌的微笑。

"他们，似乎是做独龙族文化挖掘和保护工作的！"眼睛盯着自家桌上的饭菜，我的耳朵却被那些词句牢牢抓住，早已伸到隔壁桌，舍不得回来。

"你怎么知道？"三兽望了眼隔壁桌的客人，一脸不解。

"你看他们椅背上的纸袋——'独龙江乡政府'，说的就是这里吧！"

"仔细听，他们总在讲'独龙族''政府项目''扶持''民族文化'这些词！"

我努力压制自己的兴奋，仿佛发现新大陆般，将这些偷听来的"情报"一一告诉三兽。

"呦！今天是变身福尔摩斯·姬！也不枉费你煲了那么多悬疑剧！"三兽脸上的乌云消失不见，换了张阳光明媚的笑颜，看得人心里暖暖的。

"那……我们要询问一下他们吗？"比起偷听别人讲话，我还有更得寸进尺的想法！

"这样……会不会太冒昧？再说，偷听别人讲话太不礼貌了！"三兽嘴上责怪我，眼里却透着坏笑。

"只是问问，他们应该不会介意！"我笃定三兽一定会同意我这鬼主意。

"好！"不放过丝毫线索，哪怕是被决绝，我们也要试一试。

虽然嘴上说得毅然决然，但真要走上前开口询问，"去……不去……去……"在两个人的眼神间徘徊了好多遍。

"今天，多谢各位款待！"听到旁边贵客起身告别，我再也坐不住，两步并做一步走到他们面前，红着脸说："你们好，想跟你们打听下，哪儿有可以穿在身上的独龙毯？"

在独龙语里，独龙毯叫"约多"。那是独龙族人不可缺少的衣服，也几乎成了独龙族的一种服饰符号。独龙毯是麻料制成的手工艺品，一般有红、黄、黑、白四种颜色条纹，是独龙人遮风避雨的衣服。从前，这条毯子白天为衣夜间为被，用处极大。

原本还在热闹告别的一群人，被我这乍现的陌生人吓了一跳，七八位先生女士的眼睛一齐望过来，我一下子尴尬得不知该如何是好。

"实在抱歉，打扰到你们了！我们是夫妻，只是想找一套传统的独龙族衣服拍套结婚照。"三兽上前一步，递上一张卡片，笑着解释道。

"好事！来，李队，你给他们介绍一下。"人群中的一位女士冲我俩笑着说道。

送走这位女士，微醺的李队满脸堆笑，揽着三兽的肩膀说："马哥的微信给你们，去找他，准错不了！"

"马哥不是当地人，我们去找他，靠谱吗？"徒步在去往迪政当村的小路上，我将心里的担心讲了出来。

"试试，办法总会有的！"哪怕只是微弱的线索，一旦袒露在我们面前，三兽都会兴奋地抓住它，就连眼睛都开心得发光。

眼前的乡村小道上，路一侧是漫过膝盖的草木，另一侧是顶上天的陡峭山崖，耳畔是虫鸣鸟叫，独独只有我俩能发出点儿人声。崭新的路面连车辙印都难得一见，尽头真的会有村庄吗？我不禁在心头打了个大大的问号。

"嘿！你们怎么在这儿？"贴着"教育下乡"字样的银灰色轿车一脚刹车停在我俩身边。副驾驶室摇下车窗，探出一张少年的脸，问我们。

"去前面的村子。"三兽笑成一朵花，心情好极了。

"往前就一条路，走，顺路带你们一程。"少年邀我们同行。在如此荒凉的山野路上，竟能搭上顺风车，我们当这是山神的帮助，带着一万分的感激收下。

送别同行的少年，站在迪政当村村头，等来了晒成当地人同款肤色的马哥。

"出门这么久，相信你们的适应力。不介意的话，跟我去陈哥家住吧！"马哥的声音沙哑，伸手拎起我俩堆在地上的背包，转身带我们往陈哥家走去。

路上听马哥介绍，陈哥是村子里土生土长的独龙族人，年轻时是山里的脚夫向导，科考的、探险的，但凡想翻过独龙江畔这座大山，去中缅边境看看的，找陈哥准没错。如今，陈哥收拾出自己的房子，招待四面八方前来猎奇的游客，顺便当一名地陪，带我们这些奇怪的"城里人"山上山下地去"受罪"。

群山之下的村庄看上去异常安静。独门独院的小木屋，颇具独龙族特色的独龙毯装饰，偶尔遇上一两位穿着独龙毯马甲的当地人，身材娇小皮肤黝黑，咧嘴一笑，一口白牙很显眼。

比起村子里整齐划一的院落，陈哥的院子更为特别。从村子出发，往山林深处走将近一公里，三面环山的一片平地上，忽然出现五六间围成院落的木屋，被几十年风吹日晒雨淋打磨着的木头，黝黑发亮却散发着深深浅浅的草木香。这里，就是陈哥的家了。

滚烫火塘炒出的土猪肉特别诱人，屋后的蔬菜嫩得能掐出水来，配上一杯香甜的梅子酒，听着陈家夫妇用独龙族特有的方言谈笑着，黝黑的脸庞被炉火映得通红明亮，还真像是进了自己家。我们也不客气，拉上陈家夫妇喝酒谈天。

三兽喝酒完全看人，恰当的氛围，喝到吐都开心；碰上不喜欢的人，吹嘘拍马的场面，一口都不愿多喝。

火塘红光减弱，小方桌上摞满酒瓶，独龙江畔的第一晚，陈哥、马哥和三兽都喝多了！推门而出，裹着独龙江水汽的冷夜扑面而来，抬头是铺天盖地的星空。

"三兽，今天，好不真实！"我抬头看天，扶着微醺的三兽低语。

"真实，有你在就真实。"三兽咧着嘴大笑，八颗大白牙像一弯明月，抢了所有星星的风头，煞是好看。

"三兽、小姬，起床换衣服啦！"马哥敲门叫我们起床。

推开门，陈家夫妇正将两条七彩的独龙毯挂在院子里。看我们走过来，扯着手里的毯子说："换衣服了，换衣服！"

"就是它！终于见到了！"三兽跑到陈哥面前，说道："陈哥，这是你的衣服？"

"我们两口子的衣服，你们拿去穿，想拍多久都行，晚上记得回家吃饭就好！"昨天站在台阶上的陈哥跟三兽齐头，但此刻，他看上去好高大！

捧过从迪政当村陈大哥手中接过的独龙毯，棉麻线织就的毯子，手感真特别！

"衣服给你们，会穿吗？"陈哥妹妹看我俩举着独龙毯在身上比画了半天，一脸得意地讲。

我看着三兽，尴尬地笑了："这个，还真不会。"

陈哥爱人和妹妹拉着三兽，脱去他的外套，扯开独龙毯，左缠右裹的，将三兽裹成一个巨婴，又不知从哪里变出两根针，将两头的布别在他的肩头，缠上绑腿挂起弓箭，配上三兽晒成小麦色的脸，还真像个加长版的独龙族小伙。

与三兽不同，同样是一块独龙毯，我的穿法就变得浪漫多了。布的两端在一个斜肩上交错，被一根针固定在肩头。一边是裸露在外的锁骨和手臂，一边是"犹抱琵琶半遮面"式的括袖，这条纹色的桶形连衣裙，仿佛设计师的礼服小样，粗野的线条中带着柔美的

独龙族　　⊙ 拍摄地：云南省怒江州独龙江乡迪政当村

⊙ 身上披挂的独龙毯就像雨后天晴的彩虹，映衬着独龙族女孩的文面，闪耀着"太古之民"的光芒。

用心。

"小姬，要画文面吗？"马哥饶有兴致地问我。

"画！当然要画！"拿出早已备好的眼线笔，捧起找好的资料图，送到陈哥爱人面前："大姐，你是独龙族人，能请你帮我画面吗？"

"给妹妹，我可做不来这个！"虽说独龙族女性有文面的习俗，可那都二十世纪的事情了，村里仅有的几位文面老人也像国宝一样，被悉心照料着，他们可是真正的活历史。文面这事对四十多岁的陈家大姐来说，还真是挺遥远的事情。

听说，独龙族文面的习俗起源于古老的信念，这是件只有姑娘才能做的事情。少女十二三岁时就要文面，这是一份特别的成年礼，得在出嫁前文面。关于文面的原因，上一辈的文面女们有很多种说法：有的说是为了好看；有的说是为了死后与灵魂相认；有的说是为了不被人抢去为奴；有的说是为了分辨男女；有的说是为了死后能带走生前的东西。

在我们走访的民族中，黎族同样有文面的习俗，就连她们的脖颈、手臂、脚踝等处也会有文身，巧的是黎族的文面也仅限于女性。

"妹妹，你来帮我？"我试探性地寻求妹妹的帮助。

"我……我会画坏的……"妹妹一脸为难地说。

"没事，我自己画。你们帮我们穿衣服，已是万分感谢了。"实在不忍心为难两位独龙族姐妹，我便独自捧起博物馆拍下的文面图谱，比画着，在脸上定点、画线，还真是感谢自己多年的绘画功底，在脸上涂涂画画也能一气呵成。眼前的三兽打着赤脚，被打扮成土生土长的独龙族小伙子，却独独举着台相机，不放过我画脸的一举一动。

"第一次见年轻女孩'文面',还挺好看。"拜访过独龙族所有文面老人的陈哥,看我独自涂出来的花猫脸,也顺便举起相机拍了个假面独龙新娘。

陈哥爱人看我将独龙文面还原在自己脸上,郑重地取下脖颈上贴身的项链,挂在我脖子上,退后一步细细打量,一脸满意地说:"这才是我们独龙族的姑娘!"

亦如往常,三兽扛上三脚架、相机,以及一整包的摄影器材,冲向前方,探路取景。我则抱着从陈哥家借来的道具,迈着粗壮有力的短腿,三步并作两步,紧跟在他的后面。

路过村口,村里老人见我俩先是一惊,转身便捂起嘴巴偷笑。穿过铁索桥,醉酒的小伙子指着我们手舞足蹈地一阵乱语。一不小心,我们就成了打破这小村庄平静的"天外来客"。

也不知三兽在前面带路走了多久,翻了大半座山,在一片荒废的老屋前停下。年久失修的木屋孤独地立在山坡上,背后歪歪斜斜地站着三座谷仓,其中一座早已被自然力量掀去屋顶。厚厚的苔藓努力地营造着凄冷荒凉的气氛,简直太适合拍恐怖故事了。

我俩的鞋子早已被三兽拿去垫三脚架。我只有光着脚独自站在湿漉漉的木头上打滑。三兽更可怜,赤脚在石子灌木遍布的地面上跳来蹦去,不过就是为了拍一张构图好看的独龙族结婚照。

"左来点儿……过了过了,回右点儿……"照着三兽竖起的大拇指左右移动着,我一个不小心,就手舞足蹈地险些跌下圆木。

"哎,你能不能小心点儿!"三兽关心人的方式很独特,骂我蠢怪我笨,其实是怕我因为自己的笨手笨脚而受伤。三兽的这个习性,可是我俩吵了大半路才领悟出来的。

"好!我知道了!你闭嘴!"对付三兽这独特的关心方式,撒娇和怒吼自由切换,全靠当下的心情。

"来来来,听话啦!站好,不然天黑就要冻感冒的。"三兽识趣地换另一种方式安慰我。终归,软软的语气最能收买人心。

"嘘!"顺着三兽的眼神,瞥见山顶处下来了三个人。看着眼前这位假冒的独龙族小伙,挑着眉毛冲我坏笑,便一眼明白他的意思。紧接着,听他空中发出哇啦哇啦的吼叫,还挥着自己修长的手臂。我憋住笑,回应以同样乱七八糟的叫嚷。不出意外,下山的人一下子被我俩吸引过来,眼睛紧紧地盯着我们,脚步却越走越快。惊恐、茫然、莫其妙的表情在三个人脸上快速切换,我实在忍不住,哈哈哈大笑起来,没想到伴着独龙江岸江水的涛涛巨响,听起来却更添几分吓人,惊得他们脸一白,撒腿就跑。我赶紧闭上嘴巴,一脸委屈地望着三兽:"我是不是闯祸了……哈哈哈!"笑得更是夸张。

"你脑子坏掉了!他们一定以为你是隔壁山头跑过来的怪人!"三兽再也忍不住,抱着肚子笑趴下来。

两个"野模"兼职业余摄影师的拍摄尤为漫长,一张成片背后是数百张废片,这是再正常不过的事情了。还未拍尽兴,天色便渐渐暗下来,听到马哥唤我们回家吃饭的声音,那一瞬间,竟错以为,真是自家大哥来找两个贪玩的弟弟妹妹回家呢!

毫无意外，今晚依旧是喝酒到深夜，我问三兽："还要喝吗？"

"遇上两位哥哥，这酒，一定要喝！"三兽举杯，一饮而尽。趁着这漫天繁星，总有些酒，喝不够，饮不醉。

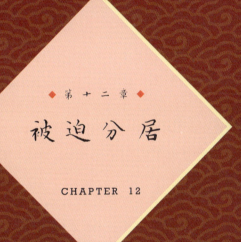

第十二章
被迫分居
CHAPTER 12

"你们是……？"双凤村土家族的阿妈，佝偻着背，望着我俩大包小包的行头，眼神中带着一丝不信任。

"阿妈，您放心，我们是合法夫妻，有证的。"三兽赶忙掏出揣在口袋里被磨得稀烂的结婚证，证明给阿妈看。眨巴着大眼睛，用满眼褶子堆出一脸"天真无邪"。

"夫妻呀……"阿妈犹豫了老半天，缓缓吐出这三个字，眉头皱成"川"字。

"阿妈，我们就借宿几天，房费饭费你说了算。我们只是白天放下行李，晚上睡个觉。"读不懂阿妈的心思，我只能多解释两句，温声细语地哀求阿妈将我们留宿家中。

"咱们村有什么习俗讲究您都可以跟我们说，保证遵守！"知道老寨子总会有一些讲不清道不明的规矩，怕老人家有顾虑，提前打消阿妈的担心。

"好吧……跟我来。"沉默许久，阿妈侧过身，终于准许我们进屋。

这个藏在大山深处，坐落在山顶之巅的村落，有数百年的历史。这是我们此行的最后一站——湘西土家族苗族自治州永顺县大坝乡双凤村，是目前中国保存最完整的土家族民俗文化村之一，这里保留着土家族最原始的民族文化特点。听闻，村子中百分之九十以上的村民都是土家族。去往村子的路可不好走，我俩倒了三班车，各自背着二十多公斤的大包，徒步了大半天，终于踏进了双凤村。

可一进村寨大门，我们就傻了眼。布满绿色苔藓的老屋古色古香，摆手堂、水池、村支部、错落有致的农家，砖瓦、屋檐间都是浓烈的土家族气息，再细细一看，却家家户户房门紧闭，冷冷清清的村寨仿佛一座空城，孤立在山林间，不容冒犯。好容易撞见一位中年大叔，刚想拉着多聊两句，大叔却匆匆忙忙地摆摆手说："村里人都下山了，打工的打工，带孩子读书的带孩子读书，不节不庆的，哪儿有人在山上呀！"说着，迅速钻进车里，一溜烟消失在蜿蜒曲折的下山路上了。

逛遍大半个村寨，在一栋老屋前遇见一队做古屋修复的工人，我们尾随着他们，才遇上眼前的这位土家族阿妈。"如果阿妈不准我们住，咱们今天怕是要露宿山头了！"嘴上说着我们已经做好了最坏的打算，但想到真要露宿山头，心里还是一百个不愿意。毕竟，这大山里蛇虫太多，谁知道会在哪个馋嘴的生物口中丢掉性命呀！所以更是要用尽百般力气，请求阿妈收留。

跟着阿妈走进颇具土家族特色的干栏房，脚下的老木板黝黑发亮，每一步都引得老屋吱吱作响。进门是堂屋，左手卧室右手火塘，家里的日常用品都被时间蒙了层油，黝黑发亮，老旧的气息中透着温润的光。

"你们睡这屋，一人一张床！"阿妈指着卧室尽头一字排开的两张大床，带着不容反驳的口气说道。

"好的，多谢阿妈！"此刻，来不及细想阿妈的话，只想赶快将肩头的背包卸掉，舒舒服服地伸个懒腰。我开心地冲进卧室，将身上的大包放在地上，透光的木板被砸起一层薄灰，好半天才落下来。

"晚上我儿子回来，你跟他睡一张床。"阿妈抬头冲三兽说完，转身便走了，留下我和三兽一脸错愕地面面相觑。

"大妈的意思是……我们要跟他儿子睡一个卧室？"我惊得跳起来。

"应该是和布依族一样的习俗吧！"三兽似乎一下子明白过来，耸耸肩，一副见怪不怪的样子。

再往前两站，我们的落脚点是与双凤村同样藏在大山里，有着六百多年历史的高荡村，也算是百年老寨了，不同的是，这里是布依族的家。在群山之中罕见的一块平地上，聚集着一座由石头建造的村落，从村头的大门到一路蜿蜒的石板路，就连花坛水渠都是一块块石头垒出来的，完全看不到水泥河沙的痕迹。

"咱们往村里面走，住哪家，就看缘分吧！"三兽指着山脚下的那一排石头房，看上去确实年代更久远，在绿油油的山峦映衬下，

土家族

⊙拍摄地：湖南省湘西州永顺县大坝乡双凤村

「西兰卡普」是祖祖辈辈土家女儿最重要的嫁妆，这构图大方织工精巧、色彩鲜明形态古拙的图案，更是土家族祖先的文化表情。

石头的冰冷感不见了，夕阳洒下的金黄罩在石头房子上，格外好看。

不大的村子里，大路串着小路，记路真就全靠脑子了。说来也是奇怪，我俩转了好半天，却总会绕回到一栋正在装修的石头房子前。

"咱们跟这房子有缘，要不，就住这儿？"三兽透过半掩着的门，看到正在里面切割木材做家具的男主人，脸上是掩不住的兴奋。"还能拍一些他们装修房子的片段！"

三兽对拍摄已经入了迷。出发前还只是连拍照都默认自动挡操控的摄影小白，现在已经被磨炼得拍照片、视频都不在话下。在我眼里，他镜头下的片段都是极美的，是一百分的认可和喜爱。这或许是因为，得了爱屋及乌的病，也可能是，我和他同样珍爱这漫长而美好的朝夕相处，每一秒，都视若珍宝。

"你们有什么事吗？"屋主大姐看我俩在她家门前鬼头鬼脑了老半天，忍不住开口问道。

"大姐，您家现在接待客人吗？我们想在您家住两天。"三兽露出十颗大白牙，眼睛挤成一朵花，仿佛隔壁村天真的大男孩。

"只要你们不嫌弃，当然可以！"大姐怕是没想到房子还没完工，就迎来了客人，将我们这俩从天而降的陌生人招呼进屋。

"男生睡这间，你跟我来。"大姐带我们上二楼，指着一个房间对三兽说。转身，带我进了另一个房间："你就睡这间吧！床单铺盖都是全新的，干净。"

"大姐，我们睡一间就好。要不你们还要收拾两间房，多麻烦呀！"

"不怕，你们就安心住下，饿了下来吃饭。"大姐笑笑，转身下楼。

"你们别多想，这是我们村的习俗，外人来家里，夫妻俩是不能睡同一张床的。哪怕是嫁出去的女儿带着女婿回家，都不行。"大哥停下手里的活，解释道。

"明白！谢谢大哥大姐。"三兽恍然大悟，赶忙道谢。

这栋半成品的房子外面由坚硬冰冷的石头一块块垒砌，内里从门窗到墙壁，竟都被温润的实木覆盖了一层，显得温暖极了。推开还未来得及安上玻璃的雕花木窗，眼前是石片叠出的石屋屋顶，层层叠叠，如海浪一样，蔓延至山脚下。

晚饭后，踩着月光，本想在村子里散散步，一阵冷风，硬是将

第十二章 被迫分居

我俩冻得跑回房间。推门进屋,却没想到家里也是四面透风。傍晚,山里的冷风直往屋里灌,房间竟和室外一样冻人。大姐独自躺在两个卧室中间的沙发上看电视,两床被子严严实实地裹在身上,几乎要将她完全埋住了。

"大姐,您怎么在这儿?"我满心疑惑。

"看会儿电视,等会儿睡。"大姐抬头看着我们,笑笑,轻声说。我们也没多想,道了晚安,就钻进各自的房间,老老实实地睡觉去了。

一觉睡到大天亮,起床推门而出,却看到大姐还躺在沙发上,昨晚的电视已经是满屏雪花,看上去累极了。原以为是因为我俩的借宿占了大姐的卧室,才让她不得不睡客厅,心里万分愧疚。但细细一想,昨晚大哥说了他跟大姐的卧室在楼下,我们睡的本就是客房。这使得我心生疑惑:好好的卧室不睡,为什么要睡在这四面透风的客厅呢?

我俩带着满脑袋的问号,在村子里乱逛。三兽实在忍不住,以购买满满一大袋零食为契机,跟超市小老板打听起来。

"她怕你们半夜跑一个房间呗!"听我们满脸问号地说完昨晚经历,超市小老板乐了起来。

"我们都说了不会去一个房间的了!为何还要怕?"三兽更是不解。

"就怕万一啊!你们要是真不听话,跑一个房间,按我们这儿的说法,家里可是要倒霉的。"小老板原本嘻嘻哈哈的表情一下子严肃起来。

布依族

⊙ 拍摄地：贵州省安顺市镇宁县高荡村

因为偏远而被遗留下来的高荡村千年古寨，
与枫香染制成的神奇布衣，
给人以坚定的信念与人生的暖意。

"不管你去谁家住,只要是在我们村,就都是这样的。"

我俩惊得目瞪口呆。走了大半个中国,这习俗,真还是第一次遇上,也算是长了见识。原本以为旅行即将结束,这样的经历应该不会再有第二次了,没想到,刚离开贵州,抵达湖南,又一次让我们体验了一把不一样的"分居"。

双凤村阿妈家的火塘,应该是整个村子里最热闹的。一日三餐,阿妈家的火塘是村头古屋修复工程队的食堂。傍晚,又成了村里为数不多留守老人打牌的好去处。在阿妈家落脚后,第一顿晚餐是在手忙脚乱中开始的。好容易在层层叠叠的工人师傅中间站稳脚,还没夹两口菜,火塘中间的锅就空了。我望望三兽,三兽望望我,一人端着一碗白米饭,愣住了。

"你们得这么吃,才能吃上菜!"一位戴眼镜的先生从另一口锅里舀出一大勺菜,扣在三兽的白饭上。我瞬间懂了,乖乖地将碗伸过去,不停地道谢。这份

大碗米饭配上一勺乱炖的农家菜，就是我们的晚餐。乱炖的农家里藏着我最爱的腊肉，光闻一下，口水就灌满大脑。围在火塘边，看着三兽黝黑的脸颊被映出红光，大口大口地往嘴里刨着米饭，我竟大脑空白地痴痴笑起来："这就是我家先生，我们的生活啊，真好！"

火塘边的晚餐如同一场风吹过，迅速地、不着痕迹地结束了。只剩下两口煮饭的空锅和一摞挂着菜汤的空碗默默证明了刚才的这顿晚餐真的存在。我跟三兽边帮阿妈收拾碗筷，边忍不住打探："阿妈，你家儿子何时回来呢？"

"他有事，今晚不回来了。"阿妈低头洗碗，口气中带着一丝抱怨。

"哇！他不回来了！"我揪着的心终于放下来，小心脏欢快地跳跃着。

"等下我堂弟跟你们住。"阿妈冲着火塘边烤火的大叔扬了扬下巴。

"啊……"我心里一惊，转头望向三兽。三兽一脸肯定，给了我一个"放心，有我在"的眼神，示意我不要怕。转念一想："是我们拜托阿妈收留，既然村里有这样的习俗，我们遵守就好。阿妈和大叔看着就不像坏人，何必那么紧张？"想来也就松了口气，不再担心。

将近一年半的旅行，大多都要住在偏远村落，冲不了热水澡、没有特意给客人准备的床褥，这些都不是问题。我们自有一套让身体彻底放松、休息的好办法。每晚钻进自备的双人睡袋中，相拥而眠，管他白天经历了撕心裂肺的争吵也好，翻山越岭的徒步也罢，从两人体温相融的那一刻起,似乎什么都化解了,相互道一声晚安,便是一个安眠夜。

但今晚不同,同床共枕肯定是不用想了,好在我们的睡袋可以分成两个单人袋,在三兽的命令下我只能脱了外套,早早钻进睡袋中,准备睡觉。三兽睡在隔壁床的外侧,我俩头抵着头,静静地躺下了。

双凤村的夜晚静极了,冷冷的风从干栏房的门板缝隙中穿过,轻抚过露在睡袋外的皮肤。"好冷。"我打了个冷战,把脑袋缩进睡袋,顺手拉紧收缩绳,将睡袋口缩到最小。从最初知道要和其他陌生男性共处一室的担心、焦虑,到此刻听着头顶三兽细微的鼻息声,我竟然什么也不怕地打起瞌睡来了。

从前,我只是知道,三兽和我,是朋友、是情侣、是爱人。我们和所有小情侣一样,会为了生计没日没夜地加班奔波,爱情也会被柴米油盐灌满烟火气,会泪流满面地争吵,也会在某些瞬间觉得彼此是最对的人。

这个被迫分居的夜晚却让我忽然意识到,有三兽在身边,从前怕黑的我,怕在陌生房间过夜的我,时常焦虑失眠的我,统统消失不见了。只剩下一个,因为有三兽在,就天不怕地不怕,不怕一切未知与未来的我了。

一觉睡到自然醒,睁开眼睛,看到三兽顶着微黑的眼圈,满是红血丝的眼睛,眼巴巴地看着我说:"昨晚我失眠了!"三兽揉着一头乱发,闭上眼睛无奈地摇摇头。

"怎么失眠了?"

"我心里知道大叔和阿妈都是好人,但一个陌生人跟我们睡在一个卧室,我还是担心,担心你……"三兽越说越小声,生怕自己无所畏惧的形象因为这一晚的担忧在我心里轰然倒塌。

"好啦!我去帮阿妈准备早餐,你赶快补个觉,等会儿还要拍摄!"我从睡袋中跳出来,踩着登山鞋一溜烟地往外跑,怕他看到我通红的眼眶灌满泪水。

蹲在老屋的水桶前埋头打洗脸水,眼泪啪嗒啪嗒地掉进水里,捧一把冷水拼命往脸上扑,水里是咸咸的眼泪,脸上是甜甜的笑。

那一刻,我才意识到,终于,我成了你悉心呵护的软肋,你成了我勇往直前的铠甲。这,就是我们的爱情吧。

◆ 番外篇 ◆

美姬与野兽

文／三兽

朋友们，我是三兽。

请允许我带你们走进我眼中的这段旅程。

我艰难地撕掉了手中斑驳的结婚证，眼角的泪水追着低垂的头滚落，旅程中又是一幕伤心的交谈。

"为什么我们吵架的次数越来越多了？"小姬抽泣着，疑惑地问自己。

没有人知道真正为什么，或许是这旅程，长得望不到边，焦灼地燃烧着对彼此的耐心。

"三兽，你能不能轻声地对我说，错在哪里，我改！"

"我真的很怕你这样吼我，像一个狰狞的陌生人，我真的很害怕。"小姬委屈地诉说着。

我仰起头，望着昏沉的天空呆住。

"在这趟旅程中，我真愿意看到这样的自己吗？"我扪心自问。

"为什么在家时从来没有争吵过的我们，在路上却会一次一次，不留情面地，变本加厉地吵呢？"小姬哭红了鼻子审问自己。

一段充满美好期待的旅程，在后半段的时候，竟然像急转的剧情，添加了更多悲伤的镜头。

镜头前的我们由于争吵，变得越来越狰狞，越来越不理性，越来越不像各自心中美好的彼此。但旅程不会断，梦还在继续，路还要走，这是我们共同的愿望。

一日下午，家里的窗台洒满了阳光，我坐在飘窗前整理着乱如麻的资料。成千上万的文字整齐地塞进脑洞里,这是临近出发一个月的日子,那时我对未来的旅程胸有成竹。所有行程的准备工作就绪,只待出发。夜间,我再三思量着旅行的事情,很多不靠谱的想法萦绕着我。我趴在栏杆上看着江边闪烁的霓虹灯,试探地问小姬:"决定要出发了吗?这一走可什么都没了。"

"没关系啊!可能还有更美好的等着我们呢!"

"呵,这家伙还真是一枚定海神针,超现实的乐观派嘞!"我在心里想着。

所有的踌躇和忐忑在迈开家门的一瞬间烟消云散。

充满未知的旅程,怀着虔诚的心去学习、摸索;背着温暖的家和愿望,飞驰间闪过孤独,甩开不安,向着前方大步走去。

旅程的开端都是美好,新鲜的世界总是让人心生好奇,又眼花缭乱。

与你拥抱的人,对视的双眸,矗立的房屋,高耸的雪山。

两个人,整座世界。

我身边的伴侣,是受我尊敬的姑娘。有时候更像一个朋友,分担着旅程的重负,分享着旅程的欢乐。每天清晨的打包工作都能看到她忙碌的身影,耐心归纳随身物品,分门别类收在背包里。路上每日徒步行走,我会经常感到肩头的背包愈来愈轻盈,那是她每天在我不经意间,将我背包的杂物偷偷地往她自己的包里塞。

走得疲倦了,我会在她身旁狡黠地说:"小姬,要不你背我到新疆吧!"

我会看到她满脸的汗水,爽快地把背包甩下,架好姿势,傻傻地说:"上来吧,我背你。"

简短的话,厚厚的感动。

"哎!小姬,为啥每次我说'你背我吧',你都答应得嘎嘣脆?"

"因为你腰不好啊。"

"你背不动我啊!"

"可以的,来吧!"

"小姬,你怎么那么傻,做不到还要答应!"

"因为看着你累,我心疼。"

"小姬啊,小姬,你怎么那么傻……"我在心里默默感叹。

旅程的长度,背包的负重,瘦瘦的腰部给不了持久的支撑力,腰杆子时常会在途中松懈,老毛病复发。

"我来帮你背到县城,找到住处休息。"又是那个温暖的声音在我耳边萦绕。

"你背两个大背包,不行的。"

看穿她做不到,却又自信地说:"来吧,我可以的。"

这一刻,我更心疼她。做不到的事她也会勇敢地应诺,哪怕只是在精神上给我一点点鼓舞和共担。

她忙不迭地卸下身上的背包,"你趴着,我给你捶捶。"小姬抢着说。

哦——我发出酸痛的呻吟。

"就是那个地方酸,用点儿力。"

"你累不累,累了就休息一下。"

"我不累,再捶一会儿。"

我回头看着她额头湿润的头发,稀松地遮住了眼睛,像几道暖流流进我的心里。

过了许久,我侧脸瞥见一个熟悉的背影静静地趴在贴近窗边的床上,挂着碎冰的登山鞋顾不上脱去,倒着头悬在她的脚上。此刻的她让我动容。

刚刚还精力十足地给我捶背的小姬,这会儿却像是给人放了气的娃娃,疲软地趴着。不想让我知道她的不适,遮掩着内心的柔弱,如同懂事的小猫咪,在角落静静地舔舐着自己的伤口。旅程走得越来越远,越发知道她为了不给我添忧愁,在自己的世界默默苏息。

那晚,窗外的夜犹如浓墨,我在沉睡中醒来。

"三兽,你能不能帮我捶捶,我的腰也有点儿不舒服。"她恳请地说。

我急切地说:"问了你好几遍哪儿不舒服,你不说!现在才说!"

话一出口,我顿觉失礼。

小姬无言,委屈地看着我。

"趴下,我给你捶捶。"每一次手起手落都带着歉意。

东北的冬天,寒冷得让人直跺脚,感觉好似被人扔进冰窟窿里那般突兀。

站在结冰的路面上看着来往的车辆,期待有车停下,带我们去

门巴族

⊙ 拍摄地：西藏自治区错那县麻麻门巴族乡麻玛村

一路辗转至中国与印度的交界处，
邂逅祖国"门隅"的开拓者和守卫者——门巴族，
他们"巴尔匣"的独特样式，令人印象深刻。

番外篇 美姬与野兽

梦想的地方。

喔！我将背包重重地砸在冰硬的路面上，顺势蹲下。这时，一双土黄色的登山鞋跳入我的眼帘，鞋面上铺着雪，融化的雪搅着湿泥巴黏糊糊地粘在鞋帮四周。右脚的鞋帮内侧开了一个有五厘米的口子，像一把冰刀划过我的肌肤般疼痛。我像一只呆鸡愣着，谴责着粗犷的自己是这般忽略小姬。原来这个冬季，她一直穿着一双破口的登山鞋在追逐我们的梦。

小姬看看我，挪动了躺在地上似石头般重的大背包，又掏出小背包里的两双手套。

一只冻得泛紫色的手伸向我，她说："三兽，你戴这双棉的，这个太厚，我戴着不方便，我要这双薄的有五指的。"

她说的这双五指手套是从南方背过来的，怎么抵得住这可怖的寒冷？

她执拗地戴着那双有五指的手套站在寒风中，我心里知道，那是她默默地爱人的方式。

在寻找民族服装的途中，我们经常会去偏远的村庄。黑夜来临，天气会变得更冷。

房间里总是躲不掉的艰苦。疲惫不堪时，都懒得去洗脸洗脚。

两个人蜷缩在被子里，冰凉的身体互相触碰着，更是冰凉。我们缩在这个小小世界，彼此凝视着对方的眼睛，用心中的温暖相互鼓励。

我无意间流露一句，我的脚怎么还是冰凉？瞬间，脚的那头就感觉好似在烤箱般暖和，原来，她在用肚子上的温度帮我取暖。

"小姬啊，小姬。自己本来就体寒，还在帮着我。"

我一句随意的寻求，是你亘古不变的允诺。

你是伴侣，时刻温暖着我的人；

你是知己，交心交世界的人；

你是爱人，知暖知冷的人；

你是伙伴，同甘共苦的人。

旅程，一路载着奇妙越走越远，好似外婆旧棉袄口袋里的世界那般充满惊喜。

踏出的那一步，像被自己无情抛弃了的全世界。

回家的这一步，最初的勇气帮我带回了整座宇宙。

生活越来越有趣，经常会有意想不到的喜悦跳进我们的口袋，好似过山车般不可思议。

一对平凡的情侣，揣着一个看似惊天地般的想法，在旅途中竟吸引了那么多人的帮助。

一个闷热的夜晚，突然接到电话，有人想采访我们；有人在我们熟睡的时候来电，想给我们点儿资助；还有人扛着自己的背包想陪我们走一程。

小小的温暖，却给我们筑起了一座牢固的信念墙。

一位短视频导演，通过网络关注我们的这趟旅程一年了。有一天他打来电话，小姬接的。

"你们在哪儿？拍到第几个民族了？我这几天就带团队过去与你们会合，想记录你们的故事。"电话那头耐心询问着。

"我们已经拍摄了 50 个民族结婚照了，快到基诺山乡了，预备拍摄基诺族。"

旅程进行了一年有余，一个专业的团队风尘仆仆地赶来记录。意外和惊喜在心里翻腾着。

"我们会有自己的纪录片了？"我难以置信。

那天清晨，雾下得很大，三五米就看不到人，走在山间的小路上，眼前流动着云海。

精致的妆容在小姬甜蜜的笑脸上更显好看，睫毛上挂着晶莹的露珠，眨巴眨巴像个大号的娃娃。那几日过得轻松又美好，我与小姬穿着基诺族服装，像当地人一样自在生活。

视频拍摄很专业，一切都很顺利地进行着。

新年第一天首播，我们呆坐在窗前，回味着那段又苦又甜的记忆。

我不经意间，瞥到了小姬湿润的眼角，亮晶晶的泪水好似不听话的孩子即将爬出眼眶。

我也随着那段旅程自由飘摇，任它煽情，热泪盈眶。

每天的日子都是那么知足和幸福。河南的冬天冷得吓人，看样子并没有对我这位新女婿客套一番。

窗外飘着白雪，打在窗户上结成了冰，路两边的梧桐树剥光了华丽的外衣，散落在地上。新年总会带给人本能的欢乐，街上的人洋溢着知足的笑容来来往往。

我晃动着胸前的手绘板给照片中的人物润色。

抬眼瞥见手机屏幕亮了起来，愣了几秒，探探头看了一眼——是一条私信。文字没有完全显示，但却在寥寥数字间瞥到是电视台编导发来的。我打开那则私信，静静地默读——是一则邀请，去北京。按捺不住心底的喜悦，冲出门外告知小姬这则喜讯。那一瞬间感觉世界都在对我们好，想让我们使劲儿地幸福。

北京的冬天也是刺骨的冷，夹杂着风钻进大衣里。从酒店出来，车载我们到一处影视基地。舞台很大，大得可以容纳我们的整段故事；灯火很辉煌，辉煌得好似眼睛一样处处都能追到我们。

那些忙碌的人，为我们的故事动容，他们日日夜夜地工作，体贴入微地指导，不知疲倦地彩排。

一个平常夜晚，八点钟，家人守候在电视机前，他们好似年少的孩子一般目不转睛地看着画面里我们的表演。

他们哭泣，心疼自家的宝贝孩子一年半的苦心探寻；他们骄傲，骄傲自己养育的儿女长大成人。也是这一夜，演出结束，我与小姬走在北京的街头，手机不停地闪出那些陪我们走过一段又一段旅程的朋友们的祝福。

那一夜我睡得很知足。早起赶上了日出，天边的红霞一点点地晕染铺开，飞机平行于朝霞飞过天空。我想起了李志那首歌，记不全歌词，只记得那句——飞机飞过天空，天空之城。

莫名地流下了眼泪，瞬间不能自已。好似奋斗多年的青年，看到了自己刹那间的出人头地。

人生就像变轨的列车，昨天还是默默无闻的路人甲乙，今天就变成了剧本里的男女主角。众人心怀好奇——这段旅程给你带来了什么？

这该是一句多么容易答复的问题，但我琢磨许久，无言以对。与词穷无关，有关于它的大。它太开放，让我竟找不到想要的答案。这么说吧，当你心中泛起一个意念时，就是你想去做的事情。你觉得它是正确的，积极的，那就去尝试吧，并努力做到，你就会离那个答案越来越近。回过头来，对比现在和做这件事之前的自己，或许你就得到了答案。你的答案和你想从我这儿寻求的答案，将会惺惺相惜。

一年半的旅程，好似陪伴我成长的人生导师，亦师亦友。潜移默化地给了我许多，教会了我许多，改变了我许多。

在那段浮躁不安的年轻生命里，我好似被浇灌了催化剂般跳级成长。

56个民族，那是一个国家整个人文文化的精华。我前所未有地热爱着这片我们出生的土地，它是那么博大精深，大得足以容得下我们肆意放飞的梦想。

这段旅程，带有激进与冒险。闯出去可能看到很多，收获或许一无所有。

庆幸的是，你们看到的这对新人，带着浪漫色彩出发，背着梦想成真回家。小姬，谢谢你，让我感到梦想的伟大。

天真的开始，圆满的结局。一刹那，这个梦给我带来了一股从未体验过的热流,贯穿全身。

哦,梦想可以这么近,举手间可摘星辰。

勇气和坚持,是不可抛弃的动力和伙伴。

一段梦开始,另一段梦随时出发。回到城市生活一年,没有之前踌躇的不安和慌恐。

我们和同城生活的人一样,平衡地穿梭在这座城市中。我们干劲儿十足,因为有梦触发。

我们搭建了一家民宿,它很白,容得下多彩的奇思妙想。

那晚,等客人们入睡,梦里遨游在这座白色的城堡里。周围寂静如斯,我们平躺在鄂伦春族的撮罗子(帐篷)里。看着上方泛着暗黄色温暖的灯光。

"三兽,你有没有想过五年后的自己?"小姬突然一问。

"没有哎!"

"那你现在就可以想想,你想成为怎样的自己。"

"要不你先说。"我看着小姬的眼睛。

"你先说吧,听从内心,一念间的想法最好。"

"我想去50个国家……哦,不,太多了。去15个国家拍摄民族结婚照;想有一个带院子的房子。"

小姬眼神中若有等待地看着我。

"哦,我知道你等什么。"我心里坏笑着,故意停顿半会儿。

"身边那个人吧……当然还是……小姬——你了,哈哈!"我调皮地说。

傈僳族

⊙ 拍摄地：云南省怒江州维西傈僳族自治县同乐村

散居于崇山峻岭之中的傈僳族，
身着渗入了多元的自然元素、色泽斑斓的衣裳，
更呈现着他们同根而生又独具特色的魅力。

一头扎在我怀里的小姬嘴里说着"讨厌,讨厌"。

"你呢?"

"我啊!想去 100 个国家拍民族结婚照,一辈子都专职结婚,身边那个人啊,就凑合一下吧,还是你了。我要开着越野车,你开着房车,咱们载着父母去旅行;要生两个孩子,大的是哥哥,他要一辈子保护妹妹。"

"还有呢……"

"想再开一间大大的民宿,可以装得下我们走过的地方所有有民族特色的东西。"小姬说,然后又小心地看着我,"三兽,你觉得我是不是要的太多了?"

我知道她自觉不多,只是想听听我的想法,她知道自己是一个想法不着边际的人。

"不多啊!要的多,得到的才能更多。"我肯定地回答她。

忽然,两个人都沉默了,我欲言又止了许久,这句话讲出来,也着实吓了自己一跳:"你爱我吗?"

小姬一愣,静止半秒:"爱。"

然后两个人蒙起被子,故作害羞地躲在被子里哈哈大笑。

这些细碎的片段,组成我们共同的日子,爱着、梦想着、生活着,无比真实亦填满幸福。

塔吉克族

⊙ 拍摄地:新疆维吾尔自治区喀什地区塔什库尔干塔吉克自治县

帕米尔高原是塔吉克族世代守护的地方,《冰山上的来客》是他们的缩影。偶遇的塔吉克族男孩骄傲地说:"我们最爱国!"

后 记

你好，白日梦

每每新年伊始，我总喜欢一个人静静地将那些不着边际的白日梦写下来，这份梦想清单一写就是十年。

2015年，"和爱的人举办一场特别的婚礼"被写进梦想清单。同年9月，三兽陪我做了个长长的梦——办一场56个民族的婚礼。我们这场为期一年半的婚礼，跨越整个中国，深入56个民族的村落山林，自拍了56套民族结婚照。

因为这个小小的梦想，我们的故事被媒体采访发布，一夜之间引来近百万人的关注。各种专访应接不暇，从未遇见过如此阵仗的两个人，吓得躲起来，婉拒一位又一位记者的邀约，仅仅选择性地接受一两个专访，却又意外地被央视新闻报道。

旅行后半段，二更视频纪录片导演组专程奔赴云南山区，跟拍我们的旅行三天，制作出专题纪录短片，我们也因此获得"2017二更年度人物"殊荣。

我们受邀录制央视一套周末黄金档的《欢乐中国人》节目，从女神刘涛手中接过"2017十大欢乐家庭"的奖杯，开心得嘴角扬上眼尾。

去《快乐大本营》做客，从前的电视偶像何炅、杜海涛，在现实中给了我们一个结结实实的拥抱，那一刻我狠狠掐了自己一把，告诉自己，这不是梦，是现实呀！

我们又接受了英国和加拿大等媒体的专访，将恩爱秀到了大洋彼岸；我们成了各大官方微博和众多电视台口中的"别人的爱情"。

一路上，总有朋友问我们，为什么能够放下那么多，选择如此决绝的方式，辞去前景一片大好的工作，打包所有行囊，以近乎告别的姿态去开启一场漫长而遥不可知的旅行结婚。

"因为爱情呀！"我们默契地将另一个不太愿承认的原因悄悄埋在心里，在整段旅程中，对此只字未提。

2013年，我的母亲查出癌症，术后化疗的时候，头发大把大把地掉，痛到她鼻涕混着口水流。那阵子我看了一些关于癌症的书，"乳腺癌有可能会遗传"这几个字不止一次地出现。那是我第一次知道什么是怕，怕没有妈妈，怕自己会死。

2014年，我的爷爷在晚饭后散步时突然离世。半个月后，之前一直健健康康的姨夫被确诊为癌症晚期。紧接着，三兽接到外婆病危的通知，赶回家时，爷爷却突然去世，守完灵回到重庆，当晚又接到外婆去世的消息。

2014年的8月、9月，我们第一次直面生死，紧接着，一次又一次，全然不给我俩喘息的机会。这段灰暗的离别时光，也在无形中影响着我们的生活和选择。如果说这趟旅行的起因是"因为爱情"，那推我们走出去的最后一个力量，就是这些关于死亡的经历吧！

从前，我不懂什么叫"把今天当作生命中的最后一天"。走在路上久了，才明白——把死亡看成一道生活中的必答题，照着自己的想法，努力过好眼前的每一天，就是最佳答案。为梦想而活，不过是为了——"死，而无憾"。

转眼，旅行归来已有几年，令我们惊喜的是，原本只是送给彼此的旅行婚礼，却在无意间改变了我们的生活轨迹。更重要的是，从前想都不敢想的白日梦，如今一个一个蹦进现实，将我们的生活带进另一段独特的旅程。

2017年9月，再一次，我俩完成了另一个梦想——建造一个叫作"白日梦"的"家"。在这里，我们尝试让民族美学和现代居家理念相结合。这间民宿的每个房间，都深藏着一个民族的独特符号。我们隐藏自己的故事，仅靠着三兽随手拍下的房间照片，0评价的房子在上线24小时内被抢订一空。我俩用心对待每一位入住的客人，接近100%的超高入住率和100%的好评，让我们受宠若惊。直至今日，这间小民宿所带来的忙碌仍让我们感到充实而幸福。

在经营民宿的同时，我们还成立了一间小小的工作室。凭借从前所学的专业及出发前积累的工作经验，更得益于这段长时间亲历、触摸、学习民族文化的旅程，有一些项目主动找上门来，聘请我们为他们提供民族文化相关的咨询、策划工作。也因为这些项目的鞭策，我俩拿出大半的精力投入到民族传统文化的深入学习中去。

比起别人的雄心壮志、筹备良久的创业路，我们的民宿与工作室，更像老天赏来的意外之喜。想来也不过是认认真真地过自己的小日子，过着过着，生活真就变成了我们期望的样子。

关于未来，一份需要我俩共同创造的梦想清单等待我们去完成——举办无数场环球民族婚礼，拍摄数不清的民族结婚照；搭建民族文化交流平台；给三兽生俩大长腿的漂亮宝宝……

落笔，珍惜当下的点点滴滴，带上勇气与梦，去奔赴那些遥而可及、阳光明媚的未来。

致 谢

在探访56个民族世居地的旅程以及这本书的创作和出版过程中,我们得到了家人、朋友和出版社相关工作人员的鼓励和帮助。

感谢我们的家人,给予我俩莫大的关心、支持与鼓励。他们的臂膀依旧是我们看过无数风景之后最依恋的港湾。

感谢一路上促成民族结婚照拍摄的各民族朋友们(若以下名字出现错误,全怪小姬当时记得不够周全,还请大家谅解):许哥、圈圈姐、康主任、南定哥(蒙古族),永赛(鄂温克族)及其好友,白鹏英、奇喆(鄂伦春族),尤爷爷夫妇(赫哲族),齐艳华(赫哲族),朴雪花(朝鲜族),莲君(汉族),计思佳、符花金(黎族),农延兴(壮族)及大新县的壮族朋友们,小霜姑娘及其好友,柯璀玲(裕固族)及其家人,年先村苏支书夫妇(土族),塔城李姐夫妇,高红叶、阿迪拉(乌孜别克族),聂境夫妇、李苗及其好友,木扎帕(维吾尔族），猴哥，麻玛乡乡长（门巴族），林宝（珞巴族）及其家人，维西县同乐村村主任（傈僳族），杨正成（普米族）及罗姐夫妇（普米族），金鹏及大研古镇纳西人家主理人（纳西族），木森海帆（彝族），陈永全（独龙族），郁伍林（怒族），王斌、何川（景颇族）及其家人好友，赖姐（阿昌族），王彪（德昂族），那多姑娘（佤族），魏二姐，岩爷爷（傣族）及其家人，岩拉（布朗族）及其家人，科三（哈尼族）及其家人好友,周红（基诺族）及其家人,伍哥夫妇（布依族），韦祖波（水族）及其家人，申永红（仡佬族），严丽贞（高山族)等。同时感谢当地政府部门及其他组织机构：积石山县文化局，东乡县教育局、东乡县博物馆，北方民族大学，鄂伦春旗团委，伊通满族博物馆，景宁县小琴畲族民间陈列馆，海南槟榔谷，台江县政府，海迎门京族文化度假村，罗城县民族局，环江县文化馆，循化县文化馆，互助县旅游局、文化馆，新疆奇台县大泉乡政府，塔城市文化馆，察布查尔县旅游局、文化馆，阿克陶县文化馆，双凤村村委会等。感谢其他相遇而未来得及留下名字的朋友们。这段探访56个民族世居地的旅程，正因为有你们的帮助，才得以圆满，再次感谢你们给予我们的温暖和无私帮助。

最后，感谢化学工业出版社社科出版分社分社长龚风光先生，从旅行之初便鼓励我们将这段故事结集成书，并在数年间不断沟通、推进此事。编辑张曼女士、设计师颜禾女士，为将我们对于这本书的愿望一一实现，给予充分的理解和沟通，付出了辛勤的劳动，圆满地完成了全书的策划、设计、编辑、校对和美工等诸多工作。在此，我们向他们表示真挚的感谢。

慢得刚刚好的生活与阅读